INHALTSVERZEICHNIS

Lukas' Erste Begegnung

1.1 Schach im Park

Es war ein sonniger Nachmittag, als Lukas den kleinen Park betrat, der in seiner Nachbarschaft lag. Die Luft war frisch und die Vögel zwitscherten fröhlich, während er sich dem schattigen Bereich näherte, wo eine Gruppe von älteren Herren um einen abgenutzten Schachtisch versammelt war. Der Klang der Figuren, die auf das Brett geschoben wurden, hatte etwas Magisches an sich.

"Hey Lukas! Kommst du auch wieder zum Spielen?" rief Herr Müller, ein pensionierter Lehrer mit einem schelmischen Lächeln. Lukas nickte und setzte sich auf die Bank neben ihm.

"Ich habe ein paar neue Strategien ausprobiert," antwortete Lukas und beobachtete gespannt das Spiel zwischen Herrn Müller und seinem Freund Herr Schmidt. "Aber ich bin mir nicht sicher, ob sie funktionieren."

„Das Wichtigste ist nicht nur zu gewinnen", sagte Herr Schmidt mit einem wissenden Blick. „Es geht darum, aus jedem Spiel zu lernen."

Lukas dachte über diese Worte nach. Er wollte unbedingt besser werden und träumte davon, eines Tages gegen die besten Spieler der Welt anzutreten. Doch im Moment fühlte er sich oft verloren in seinen eigenen Gedanken.

"Was hältst du von einer Partie gegen mich?" fragte Herr Müller plötzlich und lächelte herausfordernd.

"Ich weiß nicht... Ich bin noch nicht bereit," murmelte Lukas unsicher.

"Komm schon! Jeder große Meister hat einmal klein angefangen," ermutigte ihn Anna, die gerade angekommen war und sich neben ihn setzte. "Du musst einfach spielen!"

· Die Aufregung des Spiels spürend
· Die Unterstützung von Freunden
· Die Lektionen des Lebens durch Schach lernen

Lukas atmete tief durch und nickte schließlich. "Okay, lass es uns versuchen." Während sie das Brett aufbauten, spürte er ein Kribbeln in seinem Bauch – eine Mischung aus Nervosität und Vorfreude. Dies war mehr als nur ein Spiel; es war der erste Schritt auf seiner Reise zur Entdeckung der Geheimnisse des Schachs.

1.2 Eine geheimnisvolle Herausforderung

Während Lukas sich auf das Schachspiel mit Herrn Müller vorbereitete, bemerkte er eine Gestalt am Rand des Parks, die ihn neugierig beobachtete. Es war ein älterer Mann mit einem langen, grauen Bart und einem tiefen, durchdringenden Blick. Er trug einen abgetragenen Mantel und hielt ein Schachbrett unter dem Arm.

"Wer ist das?" flüsterte Anna und deutete unauffällig auf den Fremden.

"Ich habe keine Ahnung," antwortete Lukas, während sein Interesse wuchs. Der Mann schien in Gedanken versunken zu sein, doch als er Lukas' Blick bemerkte, lächelte er geheimnisvoll.

"Komm her, junger Freund!" rief der alte Mann mit einer Stimme, die sowohl freundlich als auch herausfordernd klang. "Ich habe eine Herausforderung für dich!"

Lukas zögerte einen Moment. "Was für eine Herausforderung?" fragte er vorsichtig.

„Ein Spiel gegen mich! Aber nicht irgendein Spiel – es wird ein Spiel voller Geheimnisse und Strategien sein", erklärte der Mann und stellte das Brett auf einer nahegelegenen Bank auf.

- Die Neugier über die Fähigkeiten des alten Mannes
- Die Möglichkeit, etwas Neues zu lernen
- Der Reiz einer unerwarteten Herausforderung

"Das klingt spannend!" sagte Anna begeistert. "Du solltest es versuchen, Lukas!"

Lukas fühlte sich hin- und hergerissen zwischen Nervosität und Aufregung. „Aber ich bin noch nicht bereit..." murmelte er unsicher.

„Jeder Meister hat einmal klein angefangen", wiederholte Herr Müller seine vorherigen Worte und nickte zustimmend. „Nutze diese Gelegenheit!"

Mit einem tiefen Atemzug trat Lukas näher an den Tisch heran. „Okay", sagte er schließlich entschlossen. „Ich nehme die Herausforderung an." Während sie sich gegenüber saßen, spürte Lukas ein Kribbeln in seinem Bauch – dies war mehr als nur ein Spiel; es war der Beginn eines Abenteuers voller unerwarteter Wendungen und Lektionen im Schach.

1.3 Anna's Unterstützung

Als Lukas sich dem Schachbrett näherte, spürte er Annas aufmunternden Blick hinter sich. Sie hatte immer an ihn geglaubt, selbst wenn er manchmal an seinen eigenen Fähigkeiten zweifelte. „Du schaffst das, Lukas! Denk daran, was Herr Müller gesagt hat – jeder Meister hat klein angefangen", rief sie ihm zu und lächelte ermutigend.

Lukas drehte sich um und sah die Entschlossenheit in ihren Augen. „Aber was ist, wenn ich verliere? Was wird der alte Mann über mich denken?" fragte er leise, während seine Hände nervös über das Schachbrett strichen.

„Es geht nicht nur ums Gewinnen oder Verlieren", antwortete Anna mit einem sanften Lächeln. „Es geht darum, etwas zu lernen und Spaß zu haben. Und ich bin hier, um dich zu unterstützen!"

Diese Worte gaben Lukas neuen Mut. Er erinnerte sich an all die Stunden, die sie zusammen geübt hatten – ihre gemeinsamen Strategien und die unzähligen Partien im Park. „Okay", sagte er schließlich entschlossen. „Ich werde mein Bestes geben."

- Die Bedeutung von Freundschaft in schwierigen Zeiten
- Die Kraft der Ermutigung durch geliebte Menschen
- Das Lernen aus Fehlern als Teil des Wachstums

Während das Spiel begann, beobachtete Anna aufmerksam jeden Zug des alten Mannes und flüsterte gelegentlich Ratschläge: „Denk daran, deine Figuren gut zu schützen! Und versuche immer einen Plan zu haben." Ihre Stimme war wie ein beruhigendes Mantra inmitten der intensiven Konzentration.

Lukas fühlte sich gestärkt durch Annas Unterstützung. Jedes Mal, wenn er einen Fehler machte oder unsicher wurde, warf sie ihm einen aufmunternden Blick zu oder murmelte eine Strategie ins Ohr. Diese kleinen Gesten halfen ihm enorm; sie ließen ihn wissen, dass er nicht allein war.

„Du bist besser als du denkst", flüsterte Anna einmal zwischen den Zügen und lächelte ihn an. In diesem Moment wusste Lukas: Egal wie das Spiel endete, ihre Freundschaft war das wahre Gewinnspiel.

2
Das alte Schachbuch

2.1 Ein verstaubtes Geheimnis

In einer staubigen Ecke von Lukas' Großvaters Bibliothek entdeckte er ein altes Schachbuch, dessen Einband aus abgewetztem Leder bestand. Die Seiten waren vergilbt und die Schrift war in einer eleganten, aber schwer lesbaren Handschrift verfasst. „Anna, schau dir das an!", rief er aufgeregt und hielt das Buch hoch.

„Was ist so besonders daran?", fragte Anna skeptisch, während sie sich näherte. „Es sieht aus wie ein weiteres langweiliges Schachbuch."

Lukas blätterte durch die Seiten und entdeckte handschriftliche Notizen am Rand. „Hier steht etwas über eine geheime Eröffnung, die nur den besten Spielern bekannt ist!", erklärte er mit leuchtenden Augen. „Das könnte mir helfen!"

„Aber was ist mit dem Trainer? Er wird nicht begeistert sein, wenn du ihm sagst, dass du ein altes Buch studierst", warnte Anna.

„Ich weiß, aber ich muss es versuchen! Vielleicht gibt es hier Strategien, die niemand kennt", erwiderte Lukas entschlossen.

Während sie weiterblätterten, stießen sie auf eine Zeichnung von magischen Schachfiguren – jede mit einem eigenen Namen und einer besonderen Fähigkeit. „Das hier klingt verrückt: 'Der Wächter der Strategie'. Es heißt, dass diese Figur dem Spieler hilft, seine Züge vorherzusehen", murmelte Lukas fasziniert.

„Das klingt nach einem Märchen", lachte Anna. „Aber ich bin dabei! Lass uns herausfinden, ob es wirklich funktioniert."

„Vielleicht sollten wir den Trainer fragen", schlug Anna vor. „Er könnte mehr darüber wissen."

Lukas zögerte einen Moment. „Ich weiß nicht... Was ist, wenn er denkt, dass wir uns lächerlich machen?"

Lukas nickte eifrig und begann sofort zu lernen. Die Stunden vergingen wie im Flug; das alte Buch wurde zum Zentrum ihrer Welt. Doch je mehr sie entdeckten, desto mehr Fragen tauchten auf: Wer hatte dieses Wissen ursprünglich niedergeschrieben? Und warum war es so lange verborgen geblieben?

„Wir müssen es riskieren! Das könnte unser Schlüssel zum Erfolg sein!" Ihre Entschlossenheit wuchs mit jeder Seite des geheimnisvollen Buches.

2.2 Die Lektionen der Meister

Die Tage vergingen, während Lukas und Anna sich in die Geheimnisse des alten Schachbuchs vertieften. Jedes Kapitel offenbarte neue Strategien und Taktiken, die von den großen Meistern des Spiels überliefert worden waren. „Schau mal hier!", rief Lukas begeistert, als er eine Seite mit dem Titel „Die Kunst der Eröffnung" aufschlug.

„Was steht da?", fragte Anna neugierig und beugte sich über das Buch.

„Es geht darum, wie wichtig die ersten Züge sind. Ein Meister hat einmal gesagt: 'Die Eröffnung ist das Fundament für den gesamten Kampf.' Das bedeutet, dass wir schon zu Beginn alles richtig machen müssen!"

„Das klingt logisch", erwiderte Anna nachdenklich. „Aber wie können wir sicherstellen, dass wir nicht gleich am Anfang einen Fehler machen?"

Lukas grinste. „Hier steht etwas über verschiedene Eröffnungen! Wir sollten sie ausprobieren und sehen, welche uns am besten liegt."

- **Sizilianische Verteidigung:** Eine aggressive Antwort auf 1.e4.
- **Königsindische Verteidigung:** Ideal für Spieler, die im Mittelspiel angreifen wollen.
- **Dame's Gambit:** Ein klassischer Ansatz zur Kontrolle des Zentrums.

„Lass uns mit der Sizilianischen Verteidigung beginnen!", schlug Anna vor. „Ich habe gehört, dass viele Meister sie verwenden."

Sie setzten sich an den Tisch und begannen ein Spiel zu spielen. Während sie zogen, diskutierten sie die verschiedenen Möglichkeiten und lernten aus ihren Fehlern. „Ich hätte meinen Springer besser platzieren sollen", murmelte Lukas frustriert nach einem misslungenen Zug.

„Das ist Teil des Lernprozesses", tröstete Anna ihn. „Jeder Meister hat einmal klein angefangen."

Lukas nickte zustimmend und spürte eine wachsende Entschlossenheit in sich. „Wir müssen auch unsere eigenen Lektionen ziehen – nicht nur aus dem Buch, sondern auch aus unseren Spielen."

Mit jedem gespielten Zug wurden sie selbstbewusster und begannen zu verstehen, dass Schach mehr war als nur ein Spiel; es war eine Kunstform voller Strategie und Kreativität.

2.3 Strategien und Träume

Anna nickte zustimmend. „Aber manchmal habe ich das Gefühl, dass unsere Träume viel größer sind als unsere Fähigkeiten. Was ist, wenn wir nicht gut genug sind?"

Lukas lächelte ermutigend. „Das ist der Punkt! Jeder Meister hat einmal an diesem Punkt gestanden. Es geht darum, aus unseren Fehlern zu lernen und weiterzumachen."

„Was meinst du mit 'weiterzumachen'?", fragte Anna neugierig.

„Nun", begann Lukas und zeigte auf das Buch vor ihnen, „es gibt verschiedene Strategien im Schach – jede hat ihre eigenen Stärken und Schwächen. Wir müssen herausfinden, welche am besten zu uns passt."

- **Defensive Strategien:** Diese helfen uns, Angriffe abzuwehren und unser Spiel zu stabilisieren.
- **Aggressive Strategien:** Sie zielen darauf ab, den Gegner unter Druck zu setzen und schnelle Gewinne zu erzielen.
- **Kombinationsspiel:** Hierbei geht es darum, mehrere Züge im Voraus zu planen und den Gegner in eine Falle zu locken.

„Ich denke, ich bevorzuge die aggressive Strategie", sagte Anna mit einem Funkeln in den Augen. „Es macht Spaß, den Gegner herauszufordern!"

Lukas lachte. „Das passt gut zu dir! Aber vergiss nicht: Auch die besten Angriffe brauchen eine solide Grundlage."

Sie begannen ein neues Spiel und setzten ihre neu erlernten Strategien in die Tat um. Während sie spielten, spürten sie eine wachsende Leidenschaft für das Spiel. „Schau mal! Ich habe einen tollen Zug gemacht!", rief Anna begeistert.

Lukas beobachtete ihren Zug aufmerksam und erkannte sofort die Möglichkeit einer Gegenstrategie. „Das war clever! Aber jetzt musst du aufpassen..."

In diesem Moment wurde ihnen klar: Ihre Träume vom Schachspiel waren nicht nur Fantasien; sie wurden durch jede Partie greifbarer und realer.

3
Der verbitterte Trainer

3.1 Ein unerwartetes Angebot

Die Luft im kleinen Schachclub war angespannt, als Lukas und Anna den Raum betraten. Der Geruch von alten Büchern und frisch gebrühtem Kaffee lag in der Luft. Lukas' Herz klopfte schneller, als er die vertrauten Gesichter seiner Mitspieler sah. Doch heute war etwas anders. Der verbitterte Trainer, Herr Müller, saß an seinem gewohnten Platz und starrte auf das Brett vor sich.

„Lukas!", rief er plötzlich mit einer Stimme, die sowohl Autorität als auch Skepsis ausstrahlte. „Ich habe ein Angebot für dich."

Lukas hielt inne und sah ihn überrascht an. „Ein Angebot? Was meinst du?"

„Ich habe deine Fortschritte beobachtet", fuhr Herr Müller fort und lehnte sich zurück. „Du hast Potenzial, aber du brauchst jemanden, der dich richtig trainiert."

„Und du denkst, dass du dieser Jemand bist?", fragte Anna skeptisch und verschränkte die Arme.

„Ja", antwortete Herr Müller scharf. „Aber es gibt einen Haken: Du musst mir versprechen, dass du alles tust, um zu gewinnen – egal wie."

Lukas fühlte sich hin- und hergerissen. Die Aussicht auf intensives Training war verlockend, doch die Bedingungen waren beunruhigend. „Was genau meinst du mit ,egal wie'?", fragte er vorsichtig.

- „Keine Rücksicht auf Verluste – weder bei dir noch bei deinen Gegnern."
- „Jeder Sieg zählt; ich will keine Ausreden hören."
- „Du musst bereit sein, alles zu opfern."

Lukas sah Anna an; ihre Augen spiegelten Besorgnis wider. „Das klingt nicht richtig", murmelte sie.

Herr Müllers Gesicht verzog sich zu einem schmalen Lächeln. „Das wird interessant werden..."

„Es ist eine Chance!", entgegnete Lukas entschlossen. „Ich kann nicht einfach ablehnen." Er wandte sich wieder an Herrn Müller: „Ich nehme dein Angebot an – unter einer Bedingung: Ich werde meine Prinzipien nicht verraten."

3.2 Konflikte und Zweifel

Die Entscheidung, das Angebot von Herr Müller anzunehmen, nagte an Lukas. Während er in der folgenden Woche trainierte, spürte er die wachsende Kluft zwischen seinen Prinzipien und den Anforderungen seines Trainers. Jedes Mal, wenn er am Schachbrett saß, schien die Frage nach dem Preis des Sieges ihn zu verfolgen.

„Lukas, du musst aggressiver spielen!", rief Herr Müller während einer Trainingseinheit. „Du hast die Möglichkeit zu gewinnen – nutze sie!"

Lukas zögerte. „Aber ich will nicht unfair spielen oder meine Gegner verletzen", entgegnete er und sah Anna an, die ihm mit einem besorgten Blick folgte.

„Es geht nicht nur um das Gewinnen", fügte Anna hinzu. „Es geht auch darum, wie du spielst."

- „Was ist der Wert eines Sieges ohne Integrität?"
- „Kannst du wirklich stolz auf einen Sieg sein, wenn du dafür über Leichen gehst?"
- „Denk daran: Schach ist mehr als nur ein Spiel; es ist eine Kunst."

Lukas fühlte sich hin- und hergerissen zwischen dem Drang zu gewinnen und dem Wunsch, seinen Werten treu zu bleiben. In den Nächten vor den Wettkämpfen konnte er kaum schlafen; seine Gedanken kreisten um die Worte von Herr Müller und Annas Warnungen.

Eines Abends konfrontierte Lukas seinen Trainer direkt: „Ich kann nicht so spielen, wie du es verlangst. Ich werde nicht alles opfern."

Herr Müllers Gesicht verhärtete sich. „Dann wirst du niemals erfolgreich sein", sagte er kalt. „Schach ist ein Kampf – und im Krieg gibt es keine Gnade."

Lukas spürte einen Stich in seinem Herzen. Er wollte nicht aufgeben, aber was war der Preis für den Erfolg? Die Zweifel nagten an ihm wie ein hungriger Schatten.

In einem Moment der Klarheit wandte sich Lukas wieder an Anna: „Ich muss herausfinden, wer ich wirklich bin – sowohl als Spieler als auch als Mensch." Ihre Augen leuchteten auf; sie wusste genau, dass dies der entscheidende Moment war.

3.3 Training beginnt

Die erste Trainingssession nach Lukas' Entscheidung war angespannt. Herr Müller hatte sich in der Schachschule verschanzt, seine Miene war kühl und unnahbar. Lukas betrat den Raum mit einem mulmigen Gefühl im Bauch, entschlossen, seinen eigenen Weg zu finden.

„Heute werden wir an deiner Eröffnungstechnik arbeiten", begann Herr Müller ohne Umschweife. „Du musst die Kontrolle über das Spiel übernehmen."

Lukas nickte, aber sein Geist war woanders. „Ich möchte auch an meiner Strategie arbeiten, nicht nur an den Zügen", sagte er vorsichtig.

„Strategie ist wichtig, aber du musst zuerst die Grundlagen beherrschen!", entgegnete Herr Müller scharf. „Wenn du nicht gewinnst, wird dir niemand zuhören."

Anna beobachtete das Geschehen aus der Ecke des Raumes und trat schließlich vor. „Lukas hat recht. Es geht nicht nur um das Gewinnen; es geht darum, wie man spielt", fügte sie hinzu und sah Herrn Müller direkt in die Augen.

- „Ein Spieler sollte immer seine Werte im Auge behalten."
- „Das Spiel ist ein Spiegelbild unserer Entscheidungen im Leben."
- „Wir sollten uns gegenseitig unterstützen und nicht gegeneinander kämpfen."

Herr Müllers Gesicht verhärtete sich weiter, doch er schwieg. Lukas spürte eine Welle der Ermutigung durch Annas Worte und fand neuen Mut: „Ich werde meine eigene Art zu spielen entwickeln – ich will gewinnen, aber ich will auch stolz darauf sein."

Die ersten Züge wurden gemacht; Lukas konzentrierte sich auf seine Eröffnungen und versuchte gleichzeitig, die Ratschläge seines Trainers zu befolgen. Doch je mehr er spielte, desto klarer wurde ihm: Die wahre Herausforderung lag nicht nur im Spiel selbst, sondern auch darin, seinen inneren Konflikt zu lösen.

Nach einer Weile bemerkte Anna: „Du spielst viel besser, wenn du dich wohlfühlst!" Sie lächelte ihn an und gab ihm das Gefühl von Unterstützung.

4
Magische Figuren

Lukas atmete tief durch und dachte daran, dass jeder Zug eine Entscheidung war – sowohl auf dem Brett als auch im Leben. Und während das Training fortschritt, begann er zu erkennen: Der wahre Sieg lag nicht nur in den Punkten auf dem Scoreboard.

4.1 Eine seltsame Entdeckung

Es war ein regnerischer Nachmittag, als Lukas in einem kleinen Antiquitätengeschäft in seiner Stadt stöberte. Die Wände waren mit alten Schachbrettern und Figuren geschmückt, die Geschichten aus längst vergangenen Zeiten erzählten. Plötzlich fiel sein Blick auf eine unscheinbare Schachtel in der Ecke des Raumes.

"Was ist das?", murmelte er und näherte sich vorsichtig. Anna, die ihm gefolgt war, schaute neugierig über seine Schulter. "Sieht aus wie ein altes Schachspiel", bemerkte sie.

Lukas öffnete die Schachtel und entdeckte eine Reihe von Schachfiguren, die anders waren als alles, was er je gesehen hatte. Jede Figur schimmerte geheimnisvoll im schwachen Licht des Ladens.

"Schau dir diese Details an!", rief Lukas begeistert und hielt einen Springer hoch. "Er sieht fast lebendig aus!"

Anna grinste skeptisch. "Vielleicht sind sie einfach nur gut gemacht." Doch als Lukas die Figuren berührte, durchfuhr ihn ein seltsames Gefühl – eine Art Energie, die ihn durchströmte.

"Ich habe das Gefühl, dass diese Figuren etwas Besonderes sind", sagte er nachdenklich. "Vielleicht können sie mir helfen, meine Strategien zu verbessern."

Der Ladenbesitzer trat näher und lächelte geheimnisvoll. "Diese Figuren haben eine Geschichte", erklärte er mit leiser Stimme. "Man sagt, dass sie den Spielern besondere Fähigkeiten verleihen können – wenn man bereit ist, den Preis zu zahlen."

Lukas sah Anna an und spürte ihre Unsicherheit. "Was meinst du? Sollen wir es versuchen?" fragte er.

Nach einem kurzen Zögern nickte Anna schließlich zustimmend. Gemeinsam beschlossen sie, die magischen Figuren zu kaufen und herauszufinden, welche Geheimnisse sie verbargen.

- "Es könnte gefährlich sein," warnte Anna.
- "Aber was ist das Leben ohne Risiko?" erwiderte Lukas entschlossen.

4.2 Die Kraft der Figuren

"Was denkst du, was diese Figuren wirklich können?" fragte Anna neugierig und betrachtete den König mit seinen kunstvollen Details.

"Ich bin mir nicht sicher", antwortete Lukas nachdenklich. "Aber ich spüre eine Art Energie von ihnen. Es ist, als ob sie darauf warten, dass wir etwas mit ihnen tun." Er nahm einen Läufer in die Hand und fühlte ein Kribbeln in seinen Fingern.

Anna schüttelte den Kopf. "Das klingt verrückt. Was ist, wenn es nur Einbildung ist?"

Lukas lächelte. "Vielleicht, aber was haben wir zu verlieren? Lass uns ein Spiel spielen und sehen, ob sich etwas verändert." Er stellte das Schachbrett auf und begann, die Figuren zu platzieren.

- "Ich werde Weiß spielen," entschied er.
- "Und ich Schwarz," erwiderte Anna skeptisch.

Als sie das Spiel begannen, bemerkten sie sofort eine Veränderung in ihrer Konzentration. Jeder Zug fühlte sich präziser an; ihre Strategien waren klarer als je zuvor. "Das ist unglaublich!" rief Lukas begeistert aus. "Ich habe das Gefühl, dass ich jeden Zug vorhersehen kann!"

Anna nickte zustimmend. "Es ist fast so, als ob die Figuren uns leiten." Sie machte einen mutigen Zug und beobachtete überrascht, wie Lukas sofort darauf reagierte.

"Diese Figuren sind mehr als nur Holz," murmelte er fasziniert. "Sie scheinen unsere Gedanken zu lesen." Doch während sie weiter spielten, spürten beide eine wachsende Unruhe im Raum – ein Flüstern in der Luft, das sie nicht ignorieren konnten.

"Lukas," sagte Anna leise und sah sich um. "Hast du das auch gehört?"

Er nickte ernsthaft. "Ja… es fühlt sich an wie eine Warnung." Die beiden schauten sich an und wussten instinktiv: Die Kraft dieser Figuren war nicht ohne Risiko.

4.3 Neue Möglichkeiten

Nachdem Lukas und Anna die ersten Erfahrungen mit den magischen Schachfiguren gemacht hatten, spürten sie eine aufkeimende Neugier, was diese Figuren noch alles bewirken könnten. "Stell dir vor, was wir alles erreichen könnten, wenn wir ihre Kraft richtig nutzen," sagte Lukas begeistert und stellte sich vor, wie sie nicht nur Schach spielen, sondern auch andere Herausforderungen meistern könnten.

"Was meinst du damit?" fragte Anna skeptisch und betrachtete die Figuren auf dem Tisch. "Könnten sie uns wirklich helfen?"

Lukas nickte energisch. "Ich glaube schon! Vielleicht können sie uns sogar in der Schule unterstützen oder bei anderen Spielen." Er nahm einen Springer in die Hand und überlegte weiter. "Wir sollten herausfinden, ob es spezielle Züge gibt, die uns mehr als nur einen Vorteil im Spiel geben."

- "Wie wäre es mit einem Wettkampf gegen andere Spieler?" schlug Anna vor.
- "Oder wir testen unsere Strategien in verschiedenen Situationen," fügte Lukas hinzu.
- "Vielleicht können wir sogar neue Spiele erfinden!"

Die beiden waren von der Idee begeistert und begannen sofort zu experimentieren. Sie spielten verschiedene Partien und entdeckten schnell, dass jede Figur eine eigene Energie ausstrahlte. "Es ist fast so, als ob jede Figur eine eigene Persönlichkeit hat," bemerkte Anna erstaunt.

"Ja! Der König scheint besonders weise zu sein," antwortete Lukas lachend. "Und der Läufer ist voller Überraschungen!"

Während sie weiter experimentierten, bemerkten sie jedoch auch die Schattenseiten dieser neuen Möglichkeiten. Manchmal schienen die Figuren unberechenbar zu reagieren; ein falscher Zug konnte unerwartete Konsequenzen haben. "Wir müssen vorsichtig sein," warnte Anna ernsthaft. "Diese Macht könnte uns überfordern."

Lukas stimmte zu und dachte nach: "Aber wenn wir lernen, sie zu kontrollieren, könnten wir wirklich Großes erreichen." Die beiden waren entschlossen, das Potenzial der Figuren weiter zu erforschen – immer im Hinterkopf behaltend, dass mit großer Macht auch große Verantwortung einhergeht.

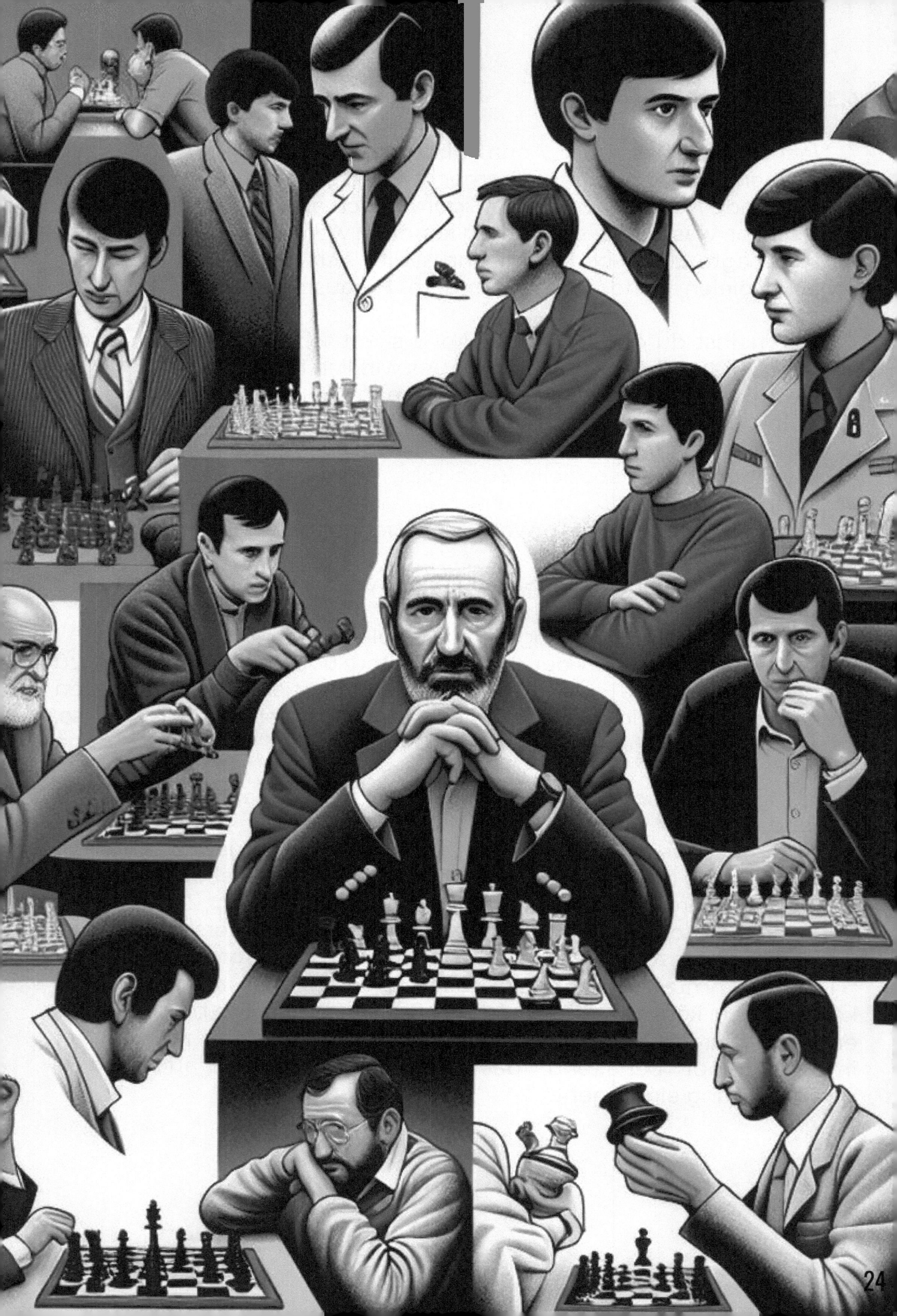

5
Das erste Turnier

5.1 Test der Fähigkeiten

Die Atmosphäre im Turniersaal war elektrisierend, als Lukas seinen Platz am Schachbrett einnahm. Um ihn herum flüsterten die Zuschauer aufgeregt, während die ersten Züge des Turniers gemacht wurden. Er spürte das Gewicht der Erwartungen auf seinen Schultern, nicht nur von sich selbst, sondern auch von Anna, die ihm mit einem ermutigenden Lächeln zuwinkte.

"Du schaffst das, Lukas! Denk an alles, was du gelernt hast," rief sie ihm zu und ihre Stimme schnitt durch das Murmeln der Menge.

Lukas nickte nervös und konzentrierte sich auf den Gegner vor ihm – ein erfahrener Spieler mit einem kühlen Blick. "Ich habe keine Angst vor dir," murmelte er leise und stellte seine Figuren auf. Der erste Zug war entscheidend; er musste zeigen, dass er bereit war.

Der Gegner lächelte spöttisch. "Hoffentlich hast du nicht nur große Träume, sondern auch die Fähigkeiten dazu." Die Worte trafen Lukas wie ein Schlag ins Gesicht. Doch anstatt sich entmutigen zu lassen, erinnerte er sich an die magischen Schachfiguren, die ihm in seinen Träumen erschienen waren – Symbole für Strategie und Mut.

- "Eröffne mit dem Königsbauern," dachte er bei sich.
- "Kontrolliere das Zentrum!"
- "Denke mehrere Züge voraus."

Mit jedem Zug wuchs sein Selbstvertrauen. Er konnte Annas Stimme in seinem Kopf hören: "Vertraue deinem Instinkt!" Und so spielte er mutig weiter. Nach einer Reihe von strategischen Manövern hatte er plötzlich einen Vorteil – sein Gegner wirkte unruhig.

"Das ist dein Moment," flüsterte Anna aus der Ferne und beobachtete gespannt. Lukas atmete tief durch und setzte den entscheidenden Zug: eine unerwartete Kombination aus Angriff und Verteidigung.

Der Raum hielt den Atem an; alle Augen waren auf ihn gerichtet. Der Gegner starrte verblüfft auf das Brett und wusste sofort, dass er verloren hatte. Ein Gefühl des Triumphes überkam Lukas – es war mehr als nur ein Sieg; es war der Beweis seiner Fähigkeiten und seines unermüdlichen Trainings.

5.2 Niederlage und Lektionen

Die Atmosphäre im Turniersaal hatte sich schlagartig verändert. Nach dem ersten Sieg fühlte sich Lukas unbesiegbar, doch die nächste Runde brachte eine unerwartete Wendung. Sein neuer Gegner war ein Meisterspieler, dessen Züge präzise und durchdacht waren. Lukas spürte sofort den Druck, als er am Brett saß.

"Du musst ruhig bleiben," flüsterte Anna ihm zu, während sie nervös an ihrem Stuhl nestelte. "Denk daran, was du gelernt hast." Doch trotz ihrer aufmunternden Worte war Lukas' Selbstvertrauen ins Wanken geraten.

Der erste Zug des Gegners kam schnell und unerwartet. "Das ist clever," murmelte Lukas und versuchte, seine Gedanken zu ordnen. Er wusste, dass er strategisch denken musste, aber die Nervosität ließ ihn zögern.

- "Konzentriere dich auf das Zentrum," dachte er.
- "Vermeide unnötige Risiken."
- "Denke an deine vorherigen Spiele."

Doch je länger das Spiel dauerte, desto mehr merkte er, dass sein Gegner ihn in die Enge trieb. "Du bist nicht gut genug für diesen Tisch," hörte er den inneren Kritiker flüstern. Schließlich machte Lukas einen entscheidenden Fehler – ein Zug, der alles veränderte.

Der Raum wurde still; alle Augen waren auf das Brett gerichtet. Der Gegner lächelte triumphierend und setzte Lukas schachmatt. Ein Gefühl der Enttäuschung überkam ihn wie eine kalte Welle.

"Es tut mir leid," sagte Anna sanft und legte eine Hand auf seinen Arm. "Jeder verliert mal." Ihre Stimme war beruhigend, aber der Schmerz der Niederlage saß tief.

Lukas nickte langsam und antwortete: "Ich weiß... aber ich habe so viel gegeben." In diesem Moment erkannte er etwas Wichtiges: Niederlagen sind Teil des Lernprozesses.

- **Lektion 1:** Jeder Verlust bietet die Möglichkeit zur Verbesserung.
- **Lektion 2:** Emotionen müssen kontrolliert werden; sie dürfen nicht das Spiel beeinflussen.
- **Lektion 3:** Vertrauen in die eigenen Fähigkeiten ist entscheidend für den Erfolg.

Mit einem neuen Verständnis für seine Schwächen stand Lukas auf und sah Anna an: "Ich werde zurückkommen – stärker als je zuvor."

5.3 Anna's Trost

Die Stille im Turniersaal war erdrückend, und Lukas' Enttäuschung hing wie ein schwerer Nebel in der Luft. Anna beobachtete ihn, während er mit gesenktem Kopf am Tisch saß. Sie wusste, dass Worte jetzt wichtig waren, um ihm zu helfen, die Niederlage zu verarbeiten.

"Lukas," begann sie sanft und setzte sich neben ihn. "Es ist nur ein Spiel." Ihre Stimme war warm und beruhigend, doch sie spürte den Schmerz in seinen Augen.

"Nur ein Spiel?" wiederholte Lukas bitter. "Ich habe alles gegeben und trotzdem verloren." Er ballte die Fäuste auf dem Tisch und sah frustriert aus.

Anna legte eine Hand auf seinen Arm. "Jeder große Spieler hat einmal verloren. Es gehört dazu." Sie lächelte leicht, um ihm Mut zu machen. "Denk an all die Fortschritte, die du gemacht hast."

- "Du hast dich von einem Anfänger zu einem ernstzunehmenden Gegner entwickelt."
- "Deine Strategien sind viel besser geworden."
- "Und du hast viele neue Freunde hier gewonnen."

Lukas schaute auf und traf Annas Blick. "Aber ich wollte gewinnen," murmelte er leise.

„Das ist verständlich," antwortete Anna mitfühlend. „Aber manchmal sind die Lektionen aus einer Niederlage wertvoller als der Sieg selbst." Sie nahm einen tiefen Atemzug und fuhr fort: „Was hast du aus diesem Spiel gelernt?"

Lukas dachte nach und nickte langsam. „Ich muss meine Emotionen besser kontrollieren... Und ich sollte nicht so schnell aufgeben."

„Genau! Und das nächste Mal wirst du es besser machen," sagte Anna optimistisch. „Wir können zusammen trainieren, wenn du möchtest."

Ein kleines Lächeln schlich sich auf Lukas' Gesicht zurück. „Danke, Anna. Du bist wirklich eine gute Freundin."

„Immer für dich da," erwiderte sie mit einem strahlenden Lächeln. „Lass uns gemeinsam stärker werden!"

6
Rückkehr zur Vorbereitung

6.1 Verfeinerte Strategien

Die Vorbereitungen für das bevorstehende Schachturnier intensivierten sich, und Lukas wusste, dass er seine Strategien verfeinern musste. In einem kleinen, aber gemütlichen Café in der Nähe seines Wohnorts traf er sich mit Anna, um seine neuesten Erkenntnisse zu besprechen.

"Ich habe über die Eröffnungstheorien nachgedacht", begann Lukas und nippte an seinem Kaffee. "Es gibt so viele verschiedene Ansätze, aber ich glaube, ich sollte mich auf eine bestimmte Linie konzentrieren."

Anna nickte zustimmend. "Das klingt sinnvoll. Aber was ist mit den Mittel- und Endspielen? Du musst sicherstellen, dass du auch dort gut vorbereitet bist."

Lukas lehnte sich zurück und dachte nach. "Du hast recht. Ich könnte einige klassische Partien analysieren und sehen, wie die Meister ihre Strategien im Mittelspiel umsetzen."

- Eröffnungsstrategien: Fokussierung auf die Spanische Partie.
- Mittelspiel: Analyse von berühmten Spielen von Fischer und Kasparov.
- Endspiel: Übungen zur Verbesserung der Technik in kritischen Situationen.

Während sie diskutierten, bemerkte Lukas einen älteren Mann am Nebentisch, der aufmerksam ein Schachbrett studierte. Neugierig fragte er: "Entschuldigen Sie bitte, haben Sie vielleicht einen Rat für einen aufstrebenden Spieler?"

Der Mann lächelte weise. "Junger Mann, das Geheimnis liegt nicht nur in den Zügen selbst, sondern auch im Verständnis des Gegners. Versuche immer zu antizipieren, was dein Gegner denkt."

Lukas war fasziniert von dieser Perspektive. "Das bedeutet also, dass ich nicht nur meine eigenen Züge planen sollte?"

"Genau", antwortete der Mann und packte sein Brett zusammen. "Schach ist ein Spiel des Geistes – lerne deinen Gegner kennen." Mit diesen Worten verabschiedete er sich und ließ Lukas nachdenklich zurück.

"Das war inspirierend", sagte Lukas zu Anna. "Ich denke, ich werde versuchen müssen, mehr über meine Gegner herauszufinden."

Mit frischem Elan machte sich Lukas daran, seine Strategien weiter zu verfeinern – sowohl für das Spiel als auch für das Leben selbst.

6.2 Tieferes Verständnis

Nach dem inspirierenden Gespräch mit dem älteren Mann fühlte sich Lukas motiviert, sein Schachspiel auf eine neue Ebene zu heben. Er wusste, dass es nicht nur um die Züge ging, sondern auch um das tiefere Verständnis des Spiels und der Gegner. Um dies zu erreichen, beschloss er, sich intensiver mit den psychologischen Aspekten des Schachs auseinanderzusetzen.

In einem weiteren Treffen mit Anna sprach er über seine neuen Erkenntnisse. "Ich habe darüber nachgedacht, wie wichtig es ist, die Denkweise meines Gegners zu verstehen", sagte Lukas und beobachtete, wie Anna aufmerksam nickte.

"Das ist ein entscheidender Punkt", erwiderte sie. "Schach ist nicht nur ein Spiel der Technik; es ist auch ein Spiel der Emotionen und Strategien." Sie lehnte sich vor und fügte hinzu: "Hast du schon einmal versucht, deine Gegner während des Spiels zu beobachten? Ihre Körpersprache kann dir viel verraten.'

- Beobachtung der Mimik und Gestik des Gegners.
- Analyse von häufigen Fehlern in ihren Spielen.
- Studium von psychologischen Taktiken im Schach.

Lukas dachte über Annas Vorschläge nach. "Vielleicht könnte ich einige Partien von Spielern analysieren, die für ihre psychologischen Tricks bekannt sind", schlug er vor. "Wie Bobby Fischer oder Garry Kasparov – sie hatten immer einen Plan im Hinterkopf."

"Genau! Und du solltest auch versuchen, deine eigenen Emotionen während des Spiels zu kontrollieren", antwortete Anna. "Wenn du nervös bist oder unter Druck stehst, kann das deine Entscheidungen beeinflussen."

Lukas nickte zustimmend. "Ich werde an meiner mentalen Stärke arbeiten müssen." Er spürte eine Welle der Entschlossenheit in sich aufsteigen. Mit jedem Gespräch wurde ihm klarer, dass das Verständnis für das Spiel weit über die bloßen Züge hinausging – es war eine Kunstform voller Nuancen und strategischer Tiefe.

Mit dieser neuen Perspektive machte sich Lukas daran, seine Vorbereitungen weiter zu vertiefen und sowohl seine technischen Fähigkeiten als auch sein psychologisches Wissen auszubauen.

6.3 Wachsendes Selbstvertrauen

Mit jedem Tag, der verging, spürte Lukas, wie sein Selbstvertrauen wuchs. Die Gespräche mit Anna und die neuen Erkenntnisse über die psychologischen Aspekte des Schachs hatten ihm nicht nur neue Perspektiven eröffnet, sondern auch seine innere Stärke gestärkt. Eines Nachmittags saßen sie in ihrem gewohnten Café und diskutierten über ihre Fortschritte.

"Ich habe letzte Woche gegen einen starken Spieler gewonnen", erzählte Lukas stolz. "Es war ein harter Kampf, aber ich konnte seine Züge vorhersagen." Er lehnte sich zurück und beobachtete Annas Reaktion.

"Das ist großartig! Was hat dir geholfen?" fragte Anna neugierig.

"Ich habe versucht, mich auf meine Strategie zu konzentrieren und nicht von seinen Emotionen ablenken zu lassen", antwortete er. "Es fühlte sich an, als ob ich endlich die Kontrolle hatte." Ein Lächeln breitete sich auf seinem Gesicht aus.

• Fokussierung auf eigene Stärken.
• Analyse der Gegner ohne emotionale Beeinflussung.
• Vertrauen in die eigenen Entscheidungen während des Spiels.

Anna nickte zustimmend. "Das ist der Schlüssel! Wenn du an dich glaubst, wird das auch dein Spiel beeinflussen." Sie sah ihn ernsthaft an. "Aber vergiss nicht: Selbstvertrauen kann auch trügerisch sein. Bleib bescheiden und lerne weiter."

Lukas dachte darüber nach und erkannte den Wert ihrer Worte. "Du hast recht", sagte er nachdenklich. "Ich muss sicherstellen, dass ich immer offen für Verbesserungen bleibe." Er spürte eine Welle der Entschlossenheit in sich aufsteigen – das Vertrauen in seine Fähigkeiten war stark gewachsen, aber er wusste auch um die Notwendigkeit ständiger Weiterentwicklung.

In den folgenden Wochen setzte Lukas alles daran, sein neu gewonnenes Selbstvertrauen zu nutzen. Er nahm an mehreren Turnieren teil und stellte fest, dass er nicht nur besser spielte, sondern auch entspannter am Brett saß. Jedes Spiel wurde zu einer Gelegenheit, seine Fähigkeiten unter Beweis zu stellen und gleichzeitig zu lernen.

7
Konfrontation mit dem Trainer

7.1 Infragestellung der Methoden

Die Atmosphäre im Trainingsraum war angespannt, als Lukas seinem Trainer gegenüberstand. Der erfahrene Schachmeister hatte in den letzten Wochen unermüdlich an Lukas' Fähigkeiten gearbeitet, doch die Fortschritte blieben aus. "Ich verstehe nicht, warum du immer noch auf diese alten Strategien bestehst", begann Lukas und sah seinen Trainer direkt an.

"Sie haben sich bewährt", antwortete der Trainer scharf. "Diese Methoden sind das Fundament des Schachs." Er verschränkte die Arme und blickte herausfordernd auf das Brett zwischen ihnen.

"Aber sie sind nicht mehr zeitgemäß! Die besten Spieler der Welt nutzen neue Ansätze, um ihre Gegner zu überlisten", entgegnete Lukas leidenschaftlich. "Ich habe gesehen, wie Magnus Carlsen seine Spiele analysiert und innovative Taktiken entwickelt."

Anna, die im Hintergrund stand und das Gespräch beobachtete, mischte sich ein: "Vielleicht solltest du ihm eine Chance geben, seine eigenen Ideen auszuprobieren. Jeder Spieler hat seinen eigenen Stil."

Der Trainer schüttelte den Kopf. "Das ist gefährlich! Du kannst nicht einfach alles über Bord werfen, was dir beigebracht wurde." Seine Stimme klang besorgt, aber auch frustriert.

- Lukas fühlte sich hin- und hergerissen zwischen dem Respekt vor dem Wissen seines Trainers und dem Drang nach Innovation.
- Er wusste, dass er etwas ändern musste, um im bevorstehenden Turnier erfolgreich zu sein.
- Die magischen Schachfiguren in seinen Träumen flüsterten ihm zu: "Vertraue deinem Instinkt!"

"Was ist mit einem Kompromiss?" schlug Anna vor. "Lass ihn einige deiner neuen Ideen ausprobieren und kombiniere sie mit deinen bewährten Methoden."

Lukas nickte nachdenklich. "Das könnte funktionieren. Ich möchte nicht nur ein guter Spieler sein; ich will verstehen, wie man das Spiel wirklich beherrscht."

Der Trainer seufzte tief und ließ seine Arme sinken. "In Ordnung", sagte er schließlich widerwillig. "Wir können es versuchen – aber unter einer Bedingung: Du musst bereit sein zu lernen."

7.2 Ein heftiger Streit

Die Spannung im Raum war greifbar, als Lukas und sein Trainer sich gegenüberstanden. "Du verstehst einfach nicht, dass das Spiel sich weiterentwickelt!", rief Lukas, seine Stimme zitterte vor Wut. "Ich kann nicht mehr mit diesen veralteten Taktiken arbeiten!"

Der Trainer schüttelte den Kopf und antwortete scharf: "Und du glaubst, du kannst alles über Bord werfen? Diese Strategien haben Generationen von Spielern zum Erfolg geführt!" Er trat einen Schritt näher an das Schachbrett heran, als ob er die Figuren selbst beschützen wollte.

"Aber sie funktionieren nicht mehr gegen die besten Spieler! Ich habe es gesehen! Sie nutzen neue Ansätze, um ihre Gegner zu überlisten", entgegnete Lukas leidenschaftlich. Seine Augen funkelten vor Entschlossenheit.

- "Du bist zu stur!", fuhr Lukas fort. "Es ist Zeit für Veränderung!"
- "Stur? Ich nenne es Erfahrung!", konterte der Trainer und ballte die Fäuste.
- "Erfahrung allein reicht nicht aus! Du musst auch bereit sein, Neues zu lernen!"

Anna beobachtete den Streit aus der Ferne und fühlte sich unwohl. Sie wusste, dass beide Seiten recht hatten, aber der Konflikt drohte zu eskalieren. "Könnt ihr euch bitte beruhigen?", mischte sie sich ein. "Es geht hier um dein Wachstum als Spieler, Lukas."

Lukas wandte sich an Anna: "Ich will nicht nur ein guter Spieler sein; ich will verstehen, wie man das Spiel wirklich beherrscht." Sein Blick war verzweifelt.

Der Trainer sah zwischen den beiden hin und her und seufzte tief. "Ich mache mir Sorgen um dich, Lukas. Du riskierst alles für ein paar neue Ideen."

"Und ich mache mir Sorgen um deine Starrheit! Wenn du mich nicht unterstützen kannst, dann weiß ich nicht, ob ich weiterhin bei dir trainieren kann!", platzte es aus Lukas heraus.

Ein Moment der Stille folgte; die Worte hingen schwer in der Luft. Der Trainer senkte den Blick auf das Brett und murmelte: "Vielleicht hast du recht... aber wir müssen einen Weg finden."

7.3 Versöhnung und Einsicht

Die angespannte Atmosphäre im Raum hatte sich etwas gelockert, als Lukas und sein Trainer sich gegenüberstanden. Nach dem hitzigen Streit war eine Stille eingetreten, die beide dazu brachte, über ihre Worte nachzudenken. Lukas brach schließlich das Schweigen: "Ich wollte nicht respektlos sein. Ich schätze alles, was du für mich getan hast."

Der Trainer sah ihn an, seine Miene weicher geworden. "Ich verstehe deine Frustration, Lukas. Die Welt des Schachs verändert sich ständig, und ich habe Angst, dass ich nicht mithalten kann." Er seufzte tief und fuhr fort: "Aber ich habe auch viel gelernt aus den Taktiken der Vergangenheit."

- "Es ist wichtig, Traditionen zu respektieren," sagte der Trainer nachdenklich.
- "Aber wir müssen auch offen für Neues sein," entgegnete Lukas mit einem sanfteren Ton.
- "Vielleicht können wir einen Mittelweg finden?" schlug der Trainer vor.

Lukas nickte zustimmend. "Ja! Lass uns gemeinsam neue Strategien entwickeln und dabei die alten Lehren einbeziehen." Sein Gesicht strahlte vor Hoffnung.

Anna trat näher heran und lächelte erleichtert. "Das klingt nach einem großartigen Plan! Ihr könnt euch gegenseitig ergänzen." Sie spürte die positive Wendung in der Luft und wusste, dass dies ein entscheidender Moment für beide war.

Der Trainer lächelte leicht. "Ich bin bereit zu lernen, wenn du bereit bist zu lehren." Es war ein Angebot zur Zusammenarbeit, das beiden Seiten die Möglichkeit gab, voneinander zu profitieren.

Lukas fühlte sich ermutigt. "Lass uns unsere nächsten Trainingseinheiten so gestalten, dass wir sowohl alte als auch neue Taktiken ausprobieren können!"

In diesem Moment wurde klar: Der Konflikt hatte nicht nur Spannungen erzeugt; er hatte auch den Weg zur Versöhnung geebnet. Beide waren bereit zuzuhören und voneinander zu lernen – eine wertvolle Lektion über Wachstum und Verständnis im Schachspiel wie im Leben.

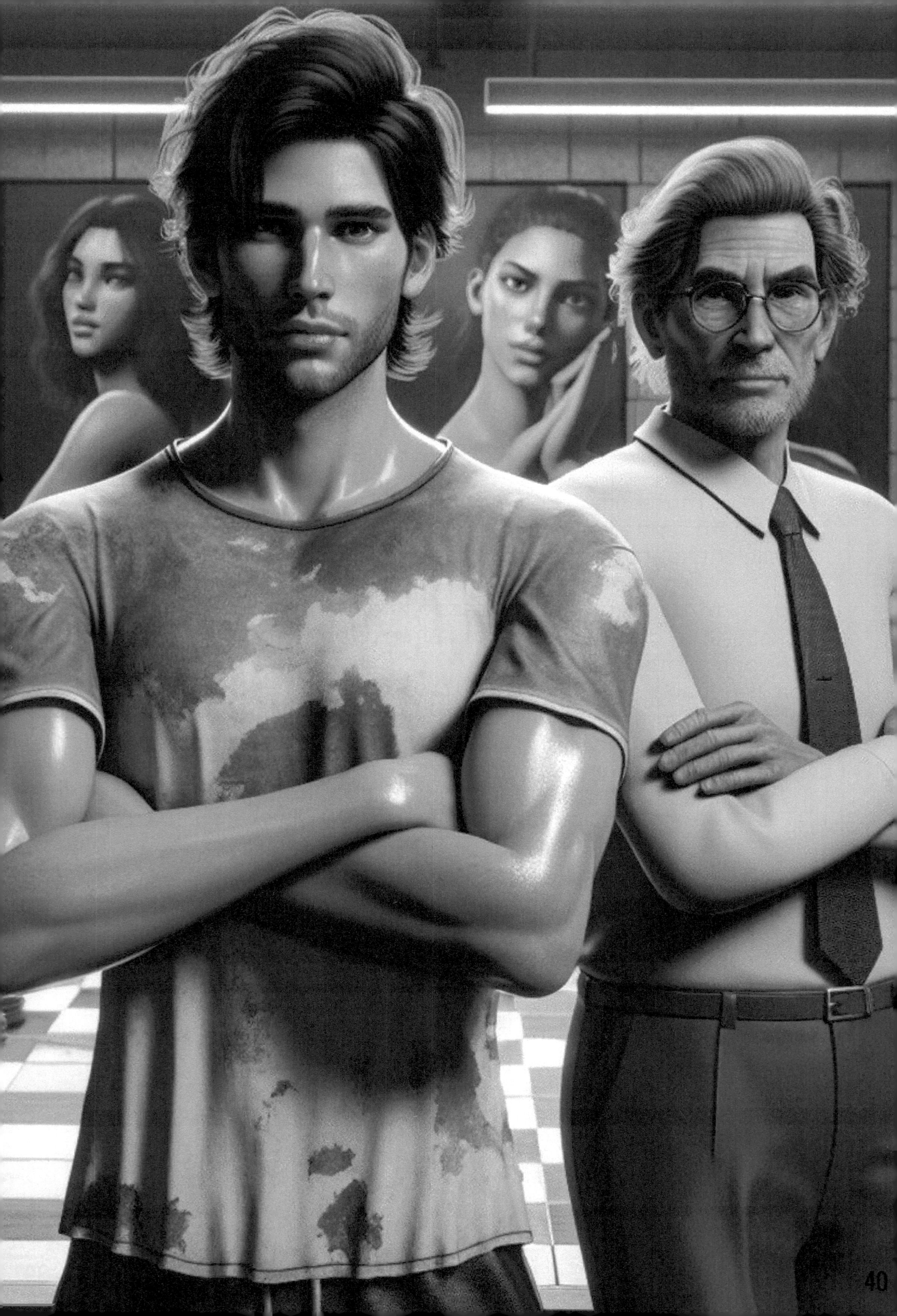

8
Vor dem großen Turnier

8.1 Letzte Vorbereitungen

Die letzten Tage vor dem großen Turnier waren für Lukas von einer Mischung aus Nervosität und Vorfreude geprägt. Er saß an seinem Schreibtisch, umgeben von Schachbüchern und Notizen, während Anna ihm gegenüber Platz genommen hatte. „Hast du die Eröffnungen noch einmal durchgegangen?" fragte sie mit einem aufmunternden Lächeln.

„Ja, aber ich habe das Gefühl, dass ich nicht genug Zeit habe", antwortete Lukas und rieb sich nervös die Hände. „Was ist, wenn ich gegen einen der Großen verliere? Was wird dann aus meinen Träumen?"

Anna lehnte sich vor und legte eine Hand auf seinen Arm. „Du musst daran denken, dass es nicht nur um den Sieg geht. Es geht darum, zu lernen und zu wachsen. Du hast hart gearbeitet."

Lukas nickte zögerlich, doch seine Gedanken kreisten weiter um die bevorstehenden Herausforderungen. In diesem Moment betrat der erfahrene Trainer Herr Müller den Raum. Sein Gesicht war von Sorgenfalten gezeichnet, als er die beiden beobachtete.

„Lukas", begann er mit fester Stimme, „du musst dich auf deine Stärken konzentrieren. Du hast das Potenzial, aber du darfst dich nicht von deinen Ängsten leiten lassen."

- **Eröffnungen:** Die wichtigsten Strategien wiederholen.
- **Taktiktraining:** Tägliche Übungen zur Verbesserung der Reaktionsfähigkeit.
- **Psychologische Vorbereitung:** Entspannungstechniken zur Stressbewältigung.

Lukas sah zwischen Anna und Herrn Müller hin und her. „Ich weiß nicht... was ist, wenn ich einfach nicht gut genug bin?"

„Das ist normal", sagte Herr Müller ruhig. „Jeder Spieler hat Zweifel. Aber du musst dir selbst vertrauen." Er stellte sich hinter Lukas und schaute auf das Brett vor ihm. „Spiele ein paar Partien gegen mich – lass uns sehen, wo du stehst."

Lukas atmete tief ein und stellte die Figuren auf das Brett. Während sie spielten, spürte er eine wachsende Zuversicht in sich aufsteigen; jeder Zug wurde präziser, jede Entscheidung klarer.

„Siehst du? Du bist bereit", bemerkte Anna lächelnd nach einer besonders gelungenen Kombination von Zügen.

Lukas fühlte sich gestärkt durch ihre Worte und die Unterstützung seines Trainers – vielleicht war er tatsächlich bereit für das große Turnier.

8.2 Angst vor dem Scheitern

Die Tage vergingen und die Nervosität in Lukas wuchs ins Unermessliche. „Was, wenn ich alles vermassle? Was, wenn ich nicht einmal eine Runde gewinne?" fragte er Anna, während sie im Park auf einer Bank saßen. Die frische Luft konnte seine Sorgen nicht vertreiben.

„Lukas, jeder hat Angst vor dem Scheitern", antwortete Anna sanft und beobachtete die vorbeigehenden Passanten. „Aber du musst dir bewusst machen, dass das Scheitern Teil des Lernprozesses ist."

Lukas schüttelte den Kopf. „Das klingt gut in der Theorie, aber was ist mit dem Druck? Die Erwartungen sind so hoch!" Er starrte auf den Boden, als ob er dort die Antworten finden könnte.

„Druck kann auch motivierend sein", erwiderte Anna und legte ihm beruhigend eine Hand auf den Rücken. „Denke an all die Stunden des Trainings. Du bist bereit! Und selbst wenn es nicht läuft wie geplant, wirst du daraus lernen."

- **Akzeptanz:** Das Scheitern akzeptieren als Teil des Spiels.
- **Lernen:** Aus Fehlern wachsen und sich verbessern.
- **Selbstvertrauen:** An die eigenen Fähigkeiten glauben.

In diesem Moment kam Herr Müller vorbei und hörte das Gespräch mit an. „Lukas", begann er mit fester Stimme, „du bist nicht allein in deinen Ängsten. Jeder Spieler hat diese Gedanken – sogar die Besten."

Lukas sah ihn fragend an. „Wie gehen Sie damit um?"

„Ich erinnere mich daran, dass jede Partie eine neue Chance ist", erklärte Herr Müller und setzte sich neben ihn. „Und ich konzentriere mich darauf, mein Bestes zu geben – unabhängig vom Ergebnis."

Lukas nickte langsam und spürte ein wenig von der Last abfallen. Vielleicht war es tatsächlich möglich, seine Angst zu überwinden und sich auf das Spiel zu konzentrieren.

8.3 Unterstützende Worte

Die Nervosität hatte Lukas fest im Griff, als er am Abend vor dem Turnier in seinem Zimmer saß. Die Wände schienen ihn einzuengen, und die Gedanken kreisten unaufhörlich um das bevorstehende Spiel. Plötzlich klopfte es an der Tür. Es war Anna, die mit einem Lächeln hereinkam.

„Ich habe etwas für dich", sagte sie und hielt ihm einen kleinen Zettel entgegen. „Lies das."

Lukas nahm den Zettel und las: „Glaube an dich selbst! Du hast hart gearbeitet und bist bereit. Egal was passiert, du bist nicht allein." Er sah Anna überrascht an. „Woher hast du das?", fragte er.

„Ich habe es von Herrn Müller bekommen", antwortete sie mit einem Augenzwinkern. „Er hat mir gesagt, dass unterstützende Worte oft mehr bewirken können als man denkt."

Lukas fühlte sich ein wenig besser, aber die Zweifel blieben. „Was ist, wenn ich nicht gut spiele? Was ist, wenn ich alle enttäusche?"

„Das Wichtigste ist, dass du dein Bestes gibst", erwiderte Anna sanft. „Und denk daran: Jeder hat mal einen schlechten Tag. Das macht dich nicht weniger wertvoll oder talentiert."

- **Selbstvertrauen:** Vertraue auf deine Fähigkeiten.
- **Gemeinschaft:** Du bist Teil eines Teams; ihr unterstützt euch gegenseitig.
- **Lernen:** Jede Erfahrung bringt neue Lektionen mit sich.

Lukas nickte nachdenklich und spürte eine Welle der Erleichterung durch seinen Körper strömen. „Danke, Anna", sagte er leise. „Es hilft wirklich zu wissen, dass ich nicht alleine bin."

„Genau! Und vergiss nicht: Du spielst für den Spaß und die Leidenschaft – nicht nur für den Sieg", fügte sie hinzu und lächelte ihn ermutigend an.

In diesem Moment wurde Lukas klar, dass unterstützende Worte wie ein Lichtstrahl in der Dunkelheit waren – sie konnten Ängste vertreiben und Hoffnung schenken.

9
Eröffnungszüge

9.1 Der Turnierbeginn

Der Tag des Turnierbeginns war endlich gekommen, und die Atmosphäre in der großen Halle war elektrisierend. Lukas stand nervös am Rand des Spielsaals und beobachtete die anderen Teilnehmer, die sich in kleinen Gruppen unterhielten oder konzentriert ihre Eröffnungszüge durchgingen. „Das ist es, Lukas! Dein Moment", flüsterte Anna ihm zu und legte ihm ermutigend eine Hand auf den Rücken.

„Ich weiß nicht, ob ich bereit bin", murmelte Lukas und sah auf das Schachbrett vor sich. Die Figuren schienen ihn herauszufordern, als würden sie sagen: „Zeig uns dein Können!" In diesem Moment trat sein Trainer, Herr Müller, an ihn heran. „Lukas, du musst dich jetzt fokussieren. Denk daran, was wir geübt haben. Du hast das Zeug dazu!"

Lukas nickte zögerlich. „Aber was ist, wenn ich verliere? Was werden die anderen denken?"

„Es geht nicht nur ums Gewinnen", antwortete Herr Müller mit einem strengen Blick. „Es geht darum, deine Strategien anzuwenden und aus jedem Spiel zu lernen."

Die ersten Runden begannen mit dem Klang einer Glocke, die den Startschuss gab. Lukas setzte sich an sein Brett und spürte das Gewicht der Erwartungen auf seinen Schultern. Sein erster Gegner war ein erfahrener Spieler aus Russland, dessen Ruf ihn schon lange verfolgte.

„Bereit für eine Herausforderung?" fragte der Gegner mit einem selbstbewussten Lächeln.

Lukas schluckte schwer und erwiderte: „Ich bin bereit." Mit einem tiefen Atemzug bewegte er seine erste Figur – einen Bauern – nach vorne. Das Spiel hatte begonnen.

Während das Spiel fortschritt, bemerkte Lukas plötzlich eine Veränderung in seiner Denkweise; er fühlte sich weniger wie ein unerkannter Spieler und mehr wie ein Teil dieser faszinierenden Welt des Schachs.

- **Konzentration:** Lukas versuchte, alle Ablenkungen auszublenden.
- **Taktik:** Er erinnerte sich an die Eröffnungszüge, die sie geübt hatten.
- **Selbstvertrauen:** Jeder Zug sollte ihm mehr Sicherheit geben.

9.2 Erste Erfolge

Die ersten Runden des Turniers waren für Lukas ein wahres Auf und Ab der Gefühle. Nach seinem ersten Spiel gegen den erfahrenen Russen, das er überraschend gewonnen hatte, fühlte er sich wie auf Wolken. „Ich kann es kaum glauben! Ich habe gewonnen!" rief er begeistert zu Anna, die ihm mit strahlenden Augen entgegenkam.

„Das war großartig, Lukas! Du hast wirklich beeindruckt", antwortete sie und umarmte ihn fest. „Deine Eröffnungszüge waren perfekt!"

Lukas grinste verlegen. „Ich hätte nie gedacht, dass ich gegen so einen starken Spieler bestehen könnte." In diesem Moment trat Herr Müller zu ihnen und klopfte ihm auf die Schulter. „Du hast deine Strategie gut umgesetzt, Lukas. Aber vergiss nicht: Jeder Sieg ist eine Gelegenheit zu lernen."

„Was meinst du damit?", fragte Lukas neugierig.

„Jeder Gegner hat seine eigenen Stärken und Schwächen. Analysiere dein Spiel und finde heraus, was du verbessern kannst", erklärte Herr Müller mit einem ernsten Blick.

- **Kritische Analyse:** Lukas begann sofort darüber nachzudenken, welche Züge er hätte besser machen können.
- **Selbstreflexion:** Er erkannte, dass sein Selbstvertrauen gewachsen war.
- **Austausch mit anderen:** Der Dialog mit Anna half ihm, neue Perspektiven zu gewinnen.

In der nächsten Runde traf Lukas auf einen weiteren Herausforderer – diesmal einen jungen Spieler aus Deutschland. „Bereit für eine weitere Herausforderung?" fragte dieser grinsend.

Lukas nickte entschlossen. „Ja! Lass uns spielen." Mit jedem Zug spürte er das Adrenalin in seinen Adern pulsieren; die Aufregung war greifbar. Als das Spiel endete und auch dieses Mal sein Name als Sieger verkündet wurde, konnte er sein Glück kaum fassen.

"Zwei Siege hintereinander! Das ist unglaublich!" jubelte Anna und sprang vor Freude in die Luft.

Lukas fühlte sich stärker denn je; jeder Erfolg gab ihm mehr Mut für die kommenden Herausforderungen im Turnier.

9.3 Unerwartete Wendungen

Die nächste Runde des Turniers war für Lukas eine ganz andere Herausforderung. Er saß am Tisch und beobachtete seinen neuen Gegner, einen ruhigen, aber konzentrierten Spieler aus Frankreich. „Ich habe von dir gehört, du bist der Aufsteiger des Turniers", sagte der Franzose mit einem schüchternen Lächeln.

Lukas fühlte sich geschmeichelt, doch gleichzeitig stieg die Nervosität in ihm auf. „Danke! Ich hoffe, ich kann meine Serie fortsetzen", antwortete er und versuchte, seine Unsicherheit zu verbergen.

Das Spiel begann und schnell stellte Lukas fest, dass sein Gegner nicht nur talentiert war, sondern auch über eine unorthodoxe Spielweise verfügte. „Du spielst anders als die anderen", bemerkte Lukas während einer kurzen Denkpause.

„Ja, ich glaube an Überraschungen", erwiderte der Franzose mit einem Augenzwinkern. „Manchmal ist das Unvorhersehbare der Schlüssel zum Sieg."

- **Taktische Wendung:** Plötzlich machte der Franzose einen unerwarteten Zug, der Lukas aus dem Konzept brachte.
- **Kritische Entscheidung:** Lukas musste schnell reagieren; er spürte den Druck auf seinen Schultern wachsen.
- **Emotionale Achterbahn:** Während das Spiel voranschritt, schwankten seine Gefühle zwischen Hoffnung und Verzweiflung.

„Komm schon, denk nach! Du kannst das schaffen!" flüsterte er sich selbst zu. Doch je länger das Spiel dauerte, desto mehr merkte er, dass sein Selbstvertrauen schwand. Der französische Spieler hatte ihn in eine Falle gelockt und nun stand Lukas vor einer kritischen Entscheidung: Sollte er riskieren oder defensiv spielen?

„Es ist nicht vorbei! Glaub an deine Fähigkeiten!" rief Anna von der Seitenlinie aus und gab ihm neuen Mut. Diese Worte hallten in seinem Kopf wider und halfen ihm dabei, einen kühnen Zug zu machen.

Als die Partie schließlich endete und sein Name erneut als Sieger verkündet wurde – diesmal durch einen überraschenden Schachmatt-Zug – konnte Lukas kaum fassen, was gerade geschehen war. „Ich habe es geschafft!", jubelte er und umarmte Anna voller Freude.

10
Rivalitäten entfalten sich

Lukas wusste jedoch: In diesem Turnier konnte alles passieren; jede Runde hielt ihre eigenen unerwarteten Wendungen bereit.

10.1 Alte Bekannte, neue Gegner

Die Atmosphäre im Turniersaal war elektrisierend, als Lukas seine alten Bekannten wiedertraf. Unter den Teilnehmern befand sich auch sein ehemaliger Rivale, Felix, der in der Schachszene für seine unorthodoxen Strategien bekannt war. „Lukas! Bereit für eine weitere Niederlage?" rief Felix mit einem herausfordernden Grinsen.

Lukas spürte ein Kribbeln in seinem Bauch. „Das wird nicht so einfach wie beim letzten Mal", antwortete er selbstbewusst und versuchte, die Nervosität zu verbergen. Anna stand an seiner Seite und beobachtete die Interaktion mit einem scharfen Blick.

„Du musst dich auf dein Spiel konzentrieren", flüsterte sie ihm zu. „Felix ist nicht der einzige Gegner hier." Ihre Stimme war ruhig, aber ihre Augen funkelten vor Entschlossenheit.

In der ersten Runde traf Lukas auf einen weiteren alten Bekannten: den ehemaligen Meistertrainer Herr Müller, dessen strenge Methoden ihn einst geprägt hatten. „Ich habe gehört, du hast einige neue Tricks gelernt", bemerkte Herr Müller mit einem skeptischen Lächeln. „Aber das reicht nicht aus gegen echte Erfahrung."

Lukas fühlte sich herausgefordert und gleichzeitig motiviert. „Erfahrung ist wichtig, aber ich habe etwas anderes – Leidenschaft und frische Ideen", entgegnete er und spürte das Feuer in sich auflodern.

Während des Spiels entwickelte sich ein intensives Duell zwischen Lukas und Herr Müller. Jeder Zug wurde von strategischen Überlegungen begleitet; die Figuren bewegten sich über das Brett wie Soldaten im Kampf um die Vorherrschaft.

- **Lukas' Strategie:** Unkonventionelle Eröffnungen nutzen
- **Felix' Taktik:** Psychologischen Druck aufbauen
- **Herr Müllers Ansatz:** Klassische Techniken anwenden

Als das Spiel schließlich endete, war es klar: Lukas hatte gewonnen! Ein Gefühl des Triumphes durchströmte ihn, während er Felix' überraschten Gesichtsausdruck sah. Doch tief in seinem Inneren wusste er, dass dies erst der Anfang eines langen Weges war – voller alter Bekannter und neuer Gegner.

10.2 Harte Kämpfe

Die zweite Runde des Turniers war in vollem Gange, und die Spannung im Raum war greifbar. Lukas saß an seinem Tisch, während er seinen nächsten Gegner musterte: eine junge Spielerin namens Mia, die für ihre blitzschnellen Züge bekannt war. „Ich hoffe, du bist bereit für einen echten Kampf", sagte sie mit einem herausfordernden Lächeln.

Lukas nickte und versuchte, seine Nervosität zu verbergen. „Ich bin bereit. Lass uns sehen, was du drauf hast", antwortete er und stellte seine Figuren auf dem Brett auf. Die ersten Züge waren vorsichtig; beide Spieler schienen die Strategien des anderen abzutasten.

„Du musst schneller denken!", rief Felix von der anderen Seite des Saals, als er sein eigenes Spiel beobachtete. Lukas spürte den Druck und konzentrierte sich darauf, nicht den Fokus zu verlieren.

- **Mias Strategie:** Schnelle Angriffe und unerwartete Wendungen
- **Lukas' Taktik:** Geduldige Verteidigung und strategische Gegenangriffe

Die Partie entwickelte sich schnell zu einem intensiven Duell. Mias Figuren stürmten voran, während Lukas geschickt konterte. „Du spielst gut, aber ich habe noch einige Tricks im Ärmel", bemerkte er mit einem selbstbewussten Grinsen.

Mia lachte leise. „Tricks sind gut, aber ich verlasse mich lieber auf meine Technik." Ihre Augen funkelten vor Entschlossenheit, als sie einen riskanten Zug machte und eine ihrer Figuren opferte.

Lukas fühlte das Adrenalin durch seine Adern pumpen. Er wusste, dass dies kein gewöhnliches Spiel war; es ging um mehr als nur den Sieg – es ging um Respekt unter Rivalen. „Das wird ein harter Kampf", murmelte er zu sich selbst.

Als die Zeit ablief und der letzte Zug gemacht wurde, stand fest: Lukas hatte gewonnen! Ein Gefühl der Erleichterung überkam ihn, doch gleichzeitig wusste er: Der Weg zum Meistertitel würde noch viele weitere harte Kämpfe bereithalten.

10.3 Strategische Siege

Die nächste Runde des Turniers stand vor der Tür, und Lukas fühlte sich bereit, seine Strategie zu verfeinern. Nach seinem Sieg über Mia hatte er viel über die Bedeutung von Geduld und Timing gelernt. Er saß mit Felix in der Cafeteria, wo sie die letzten Partien analysierten.

„Du hast wirklich gut gespielt gegen Mia", lobte Felix und nippte an seinem Kaffee. „Aber was war dein Geheimnis?"

Lukas grinste. „Es ging darum, ihre schnellen Züge vorherzusehen und meine Verteidigung entsprechend anzupassen. Ich habe gewartet, bis sie einen Fehler gemacht hat."

- **Warten auf den richtigen Moment:** Geduld ist entscheidend.
- **Gegner studieren:** Die Stärken und Schwächen erkennen.
- **Taktische Finesse:** Unerwartete Züge können den Unterschied machen.

Felix nickte zustimmend. „Das ist eine kluge Taktik. Aber was machst du, wenn du gegen jemanden spielst, der ebenfalls strategisch denkt?"

Lukas überlegte kurz. „Dann muss ich noch kreativer werden. Vielleicht kann ich einige unorthodoxe Züge einbauen, um ihn aus dem Gleichgewicht zu bringen."

In diesem Moment kam Mia vorbei und hörte das Gespräch mit an. „Unorthodoxe Züge? Das klingt riskant! Manchmal ist es besser, einfach bei bewährten Strategien zu bleiben." Sie setzte sich zu ihnen an den Tisch.

Lukas sah sie herausfordernd an. „Aber genau das macht das Spiel spannend! Wenn jeder nur nach dem gleichen Muster spielt, wird es langweilig."

Mia lächelte schüchtern. „Vielleicht hast du recht. Aber ich werde sicherstellen, dass ich deine Tricks im Auge behalte!"

Als die Zeit näher rückte für sein nächstes Spiel, spürte Lukas ein Kribbeln in seinem Bauch – eine Mischung aus Nervosität und Vorfreude auf den bevorstehenden strategischen Kampf.

11
Aufstieg durch die Ränge

11.1 Überraschende Erfolge

Die Vorbereitungen für das große Schachturnier liefen auf Hochtouren. Lukas saß an seinem Tisch, umgeben von Notizen und Schachbüchern, als Anna hereinkam. „Du wirst es schaffen, Lukas! Du hast so viel gelernt", ermutigte sie ihn mit einem Lächeln.

„Ich weiß nicht, Anna. Die anderen Spieler sind unglaublich stark. Was ist, wenn ich verliere?" Lukas sah besorgt aus und strich nervös über die Figuren auf dem Brett.

„Jeder hat einmal klein angefangen. Denk an die Überraschungen in der Schachgeschichte! Erinnerst du dich an den Aufstieg von Bobby Fischer? Niemand hat geglaubt, dass er gegen Boris Spassky gewinnen könnte!" Anna setzte sich neben ihn und schaute ihm direkt in die Augen.

Lukas nickte nachdenklich. „Ja, aber Fischer war ein Genie."

„Und du bist talentiert! Du hast deine eigenen Strategien entwickelt und sogar einige magische Figuren gefunden, die dir helfen können", sagte sie und deutete auf die besonderen Schachfiguren, die Lukas während seiner Reise entdeckt hatte.

- **Die Dame der Weisheit:** Sie half ihm bei strategischen Entscheidungen.
- **Der Springer des Mutes:** Er gab ihm den Mut, unkonventionelle Züge zu wagen.
- **Der Turm der Entschlossenheit:** Er erinnerte ihn daran, niemals aufzugeben.

Lukas fühlte sich durch Annas Worte gestärkt. „Vielleicht kann ich wirklich etwas erreichen", murmelte er und begann zu lächeln. In diesem Moment betrat ihr Trainer den Raum. „Lukas! Ich habe gehört, dass du an deinem ersten großen Turnier teilnimmst", sagte er mit einer Mischung aus Skepsis und Neugierde.

„Ja! Und ich bin bereit!" antwortete Lukas entschlossen.

„Das wird kein Spaziergang werden", warnte der Trainer. „Aber manchmal kommen die größten Erfolge aus den unerwartetsten Situationen."

Lukas spürte einen Funken Hoffnung in sich aufsteigen. Vielleicht war dies der Beginn seiner eigenen Geschichte voller überraschender Erfolge – genau wie bei seinen Idolen im Schach.

11.2 Lukas' Ruf wächst

„Das ist Lukas! Ich habe gehört, dass er einige magische Figuren besitzt", flüsterte ein anderer Zuschauer. Diese Worte schwirrten in seinem Kopf und gaben ihm einen zusätzlichen Schub an Selbstvertrauen.

In der ersten Runde traf Lukas auf einen erfahrenen Gegner namens Felix. „Du bist mutig, hier zu spielen", bemerkte Felix mit einem herausfordernden Lächeln. „Ich hoffe, du bist bereit für eine Lektion."

Lukas erwiderte selbstbewusst: „Ich bin bereit! Lass uns sehen, was du drauf hast." Mit jedem Zug wuchs sein Mut und seine Entschlossenheit. Die Dame der Weisheit half ihm dabei, strategisch zu denken, während der Turm der Entschlossenheit ihn daran erinnerte, niemals aufzugeben.

- **Erste Runde:** Lukas gewann gegen Felix und sorgte für Aufsehen.
- **Zweite Runde:** Sein Ruf wuchs weiter nach einem Sieg über einen weiteren starken Spieler.
- **Dritte Runde:** Die Zuschauer begannen zu murmeln: „Könnte er wirklich bis ins Finale kommen?"

Nach dem dritten Spiel kam Anna zu ihm und strahlte vor Freude. „Lukas! Du bist unglaublich! Alle reden über dich!"

Lukas lächelte verlegen. „Es fühlt sich gut an, aber ich muss konzentriert bleiben." Doch tief in seinem Inneren wusste er, dass sein Ruf als talentierter Spieler wuchs und die Menschen begannen, ihn ernst zu nehmen.

„Denk daran", sagte Anna sanft, „dein Erfolg inspiriert andere. Du zeigst ihnen, dass man auch ohne große Erfahrung gewinnen kann."

Lukas nickte nachdenklich und fühlte sich durch ihre Worte bestärkt. Der Druck war zwar groß, doch die Möglichkeit eines unerwarteten Erfolgs motivierte ihn mehr denn je.

11.3 Annas stolze Beobachtungen

Während Lukas in der vierten Runde des Turniers spielte, saß Anna am Rand und beobachtete ihn mit leuchtenden Augen. „Er hat es wirklich drauf!", murmelte sie zu sich selbst, als sie sah, wie er einen weiteren beeindruckenden Zug machte.

„Lukas ist nicht mehr der schüchterne Junge von früher", dachte sie und erinnerte sich an die ersten Tage ihrer Freundschaft. „Jetzt strahlt er Selbstbewusstsein aus." Die Zuschauer um sie herum waren begeistert und jubelten ihm zu. Anna fühlte sich stolz, Teil seines Weges zu sein.

Nach dem Spiel kam Lukas zu ihr, seine Augen funkelten vor Aufregung. „Ich kann es kaum glauben! Ich habe gewonnen!"

„Das hast du großartig gemacht! Jeder spricht über dich", antwortete Anna mit einem breiten Lächeln. „Du bist ein echter Star geworden."

- **Lukas' Entschlossenheit:** Er zeigte nie Anzeichen von Nervosität.
- **Die Unterstützung der Zuschauer:** Ihre Begeisterung motivierte ihn weiter.
- **Annas Stolz:** Sie fühlte sich geehrt, ihn auf seinem Weg begleiten zu dürfen.

Lukas grinste verlegen und sagte: „Es fühlt sich so gut an! Aber ich hätte das ohne deine Unterstützung nicht geschafft."

„Denk daran", erwiderte Anna sanft, „dein Erfolg inspiriert viele hier. Du zeigst ihnen, dass man mit Leidenschaft und Hingabe alles erreichen kann."

Lukas nickte nachdenklich und schaute in die Menge. Die Gesichter der Zuschauer waren voller Bewunderung für ihn. In diesem Moment wurde ihm klar: Es ging nicht nur um den Sieg; es ging darum, anderen Hoffnung zu geben und Träume wahr werden zu lassen.

12
Das Halbfinale

12.1 Spannung steigt

Die Atmosphäre im Turniersaal war elektrisierend. Lukas saß an seinem Tisch und beobachtete die anderen Spieler, die sich auf ihre Partien vorbereiteten. Jeder von ihnen strahlte eine Mischung aus Selbstbewusstsein und Nervosität aus, während sie ihre Schachbretter studierten. „Das ist es, Lukas", flüsterte Anna ihm zu, als sie sich neben ihn setzte. „Der Moment, auf den du so lange hingearbeitet hast."

Lukas nickte, doch seine Gedanken waren ein Wirbelsturm aus Zweifeln und Hoffnungen. „Was ist, wenn ich nicht mithalten kann? Was ist, wenn ich alles vermassle?" Er sah zu Anna auf, deren Augen ihn ermutigend anblickten.

„Du bist bereit! Du hast unzählige Stunden trainiert und deine Strategien perfektioniert. Denk daran: Es geht nicht nur um den Sieg, sondern auch darum, was du dabei lernst." Ihre Worte gaben ihm einen kleinen Schub an Zuversicht.

Plötzlich trat der erfahrene Trainer in den Raum – sein Gesicht war von einer tiefen Furcht gezeichnet. „Lukas! Du musst dich konzentrieren! Die Gegner sind stark und sie werden keine Gnade zeigen!" Seine Stimme war scharf wie ein Schwert.

„Ich weiß", antwortete Lukas mit einem Hauch von Unsicherheit in seiner Stimme. „Aber ich habe auch meine eigenen Stärken."
- Die Fähigkeit zuzuhören und zu lernen.
- Die Entschlossenheit, niemals aufzugeben.
- Und die Unterstützung meiner Freunde.

„Vergiss nicht die magischen Figuren", erinnerte Anna ihn leise. „Sie sind mehr als nur Spielzeuge; sie repräsentieren deine Strategien." Lukas lächelte schwach bei dem Gedanken an die besonderen Figuren, die ihm in seinen schwierigsten Momenten geholfen hatten.

Als das Signal zum ersten Spiel ertönte, fühlte er das Adrenalin durch seine Adern pumpen. Der Druck stieg ins Unermessliche – aber gleichzeitig spürte er auch eine Welle der Entschlossenheit. Er würde kämpfen und alles geben!

12.2 Ein entscheidender Sieg

Die ersten Züge waren gemacht, und Lukas fühlte sich wie in einem Strudel aus Gedanken und Emotionen. Sein Gegner, ein erfahrener Spieler mit einem scharfen Blick, hatte bereits einige aggressive Züge gemacht. „Du musst ruhig bleiben", flüsterte Anna ihm zu, während sie an der Seite stand und die Partie beobachtete.

„Ich weiß nicht, ob ich das schaffe", murmelte Lukas und starrte auf das Schachbrett. „Er ist so viel besser als ich."

„Glaub an dich selbst! Du hast hart gearbeitet und deine Strategien sind stark", ermutigte sie ihn weiter. Ihre Worte hallten in seinem Kopf wider, während er versuchte, einen klaren Gedanken zu fassen.

Der Trainer trat näher und beobachtete die Partie mit besorgtem Blick. „Lukas, konzentriere dich! Denke an deine Stärken!" Seine Stimme war fest, aber auch voller Hoffnung.

- Die Fähigkeit zuzuhören und zu lernen.
- Die Entschlossenheit, niemals aufzugeben.
- Und die Unterstützung meiner Freunde.

Lukas atmete tief durch und begann seine Züge strategisch zu planen. Er erinnerte sich an die magischen Figuren – jede von ihnen hatte eine Geschichte, eine Strategie hinter sich. „Wenn ich nur einen Zug mache..." dachte er bei sich.

Plötzlich fiel ihm ein entscheidender Zug ein. Mit zitternden Händen bewegte er seine Figur vorwärts. „Schach!" rief er aus und sah überrascht auf das Gesicht seines Gegners – der Ausdruck von Verwirrung war unbezahlbar.

„Das war brilliant!", rief Anna begeistert aus. Der Trainer nickte zustimmend: „Gut gemacht! Jetzt bleib fokussiert."

Lukas spürte den Adrenalinschub; es war der Moment des Wandels. Jeder Zug wurde präziser, jeder Gedanke klarer. Schließlich kam der entscheidende Moment: sein Gegner gab auf. Ein Gefühl von Triumph überkam ihn – es war mehr als nur ein Sieg; es war der Beweis seiner harten Arbeit und seines unermüdlichen Geistes.

12.3 Vorbereitung auf das Finale

Die Tage bis zum Finale vergingen wie im Flug, und Lukas spürte den Druck, der auf seinen Schultern lastete. „Ich kann es kaum glauben, dass ich hier bin", murmelte er, während er mit Anna und dem Trainer in einem kleinen Raum saß, um die letzten Strategien zu besprechen.

„Du hast es dir verdient", sagte Anna und lächelte ihn an. „Denke daran, was du erreicht hast. Du bist nicht nur hier, weil du Glück hattest."

„Ja, aber mein Gegner ist unglaublich stark", entgegnete Lukas und ließ seinen Blick über die Schachfiguren gleiten. „Was ist, wenn ich einen Fehler mache?"

Der Trainer schüttelte den Kopf. „Fehler sind Teil des Spiels. Wichtig ist, wie du darauf reagierst. Konzentriere dich auf deine Stärken." Er legte eine Hand auf Lukas' Schulter und fügte hinzu: „Du musst auch an deine Taktiken denken – die haben dich bis hierher gebracht."

- Die Analyse vergangener Spiele.
- Das Üben von Eröffnungen.
- Und das Visualisieren möglicher Züge.

Lukas nickte nachdenklich. „Ich werde mir alles noch einmal durchgehen", sagte er entschlossen. „Ich möchte sicherstellen, dass ich bereit bin."

An diesem Abend saßen sie zusammen am Tisch und spielten mehrere Partien gegeneinander. Jeder Zug wurde analysiert; jede Entscheidung hinterfragt. „Das war ein guter Zug! Aber was wäre gewesen, wenn...?" fragte Anna immer wieder.

Lukas fühlte sich zunehmend sicherer mit jedem Spielzug. Die Unterstützung seiner Freunde gab ihm Kraft: „Wenn ich gewinne oder verliere – ich weiß, dass ihr hinter mir steht."

Am letzten Abend vor dem Finale saßen sie alle zusammen in einem Café und sprachen über ihre Träume und Ziele für die Zukunft. Lukas fühlte sich inspiriert von ihren Geschichten und wusste: Unabhängig vom Ausgang des Spiels hatte er bereits gewonnen – durch Freundschaft und Unterstützung.

13
Zwischen Hoffnung und Zweifel

13.1 Selbstzweifel überwinden

Die Atmosphäre im Schachclub war angespannt, als Lukas sich an den Tisch setzte. Die Stimmen der anderen Spieler schwirrten um ihn herum, doch in seinem Kopf herrschte ein Sturm aus Zweifeln. „Was, wenn ich nicht gewinne? Was, wenn ich mich blamiere?" murmelte er leise vor sich hin.

„Lukas, hör auf damit! Du bist besser als du denkst", sagte Anna und setzte sich ihm gegenüber. Ihre Augen funkelten vor Entschlossenheit. „Denk an all die Stunden des Trainings. Du hast das Zeug dazu!"

„Aber was ist, wenn ich gegen einen Meister verliere? Ich kann nicht einfach so versagen", erwiderte Lukas und ließ seinen Blick auf das Schachbrett sinken.

„Jeder große Spieler hat einmal verloren", entgegnete Anna mit einem sanften Lächeln. „Es geht nicht nur ums Gewinnen, sondern darum, zu lernen und zu wachsen."

Lukas seufzte und rieb sich die Schläfen. „Ich weiß, aber es fühlt sich an, als ob jeder Zug von mir beobachtet wird."

In diesem Moment mischte sich der alte Trainer ein, dessen Gesicht von einer Mischung aus Bitterkeit und Weisheit geprägt war. „Selbstzweifel sind der größte Feind eines Spielers", sagte er mit rauer Stimme. „Du musst lernen, sie zu akzeptieren und trotzdem weiterzumachen."

- **Akzeptiere deine Ängste:** Jeder hat Zweifel; wichtig ist, wie du damit umgehst.
- **Lerne aus Niederlagen:** Jede Partie bietet eine Lektion für die Zukunft.
- **Sich selbst vertrauen:** Glaube an deine Fähigkeiten und dein Training.

Lukas nickte langsam. Vielleicht hatte er recht – vielleicht war es an der Zeit, seine Ängste hinter sich zu lassen und den Mut aufzubringen, sein Bestes zu geben. Mit einem tiefen Atemzug richtete er seinen Blick wieder auf das Brett: „Okay, lass uns spielen."

13.2 Letzte Ratschläge des Trainers

Der Raum war still, als Lukas und Anna sich dem alten Trainer gegenübersetzten. Die Anspannung war greifbar, doch in der Luft lag auch eine gewisse Vorfreude. Der Trainer lehnte sich zurück und betrachtete die beiden mit einem durchdringenden Blick.

„Lukas", begann er langsam, „Schach ist nicht nur ein Spiel der Züge, sondern auch ein Spiel des Geistes. Du musst lernen, deine Gedanken zu kontrollieren."

„Aber wie?", fragte Lukas und spürte, wie seine Unsicherheit wieder aufkam. „Ich kann einfach nicht aufhören, an meinen Fehlern zu denken."

„Das ist normal", antwortete der Trainer mit einem verständnisvollen Nicken. „Jeder Spieler hat diese Gedanken. Wichtig ist, dass du sie nicht die Kontrolle über dein Spiel übernehmen lässt."

- **Konzentration:** Fokussiere dich auf den aktuellen Zug und lasse die Vergangenheit hinter dir.
- **Visualisierung:** Stelle dir vor, wie du erfolgreich spielst; das stärkt dein Selbstvertrauen.
- **Atemtechniken:** Nutze tiefe Atemzüge, um dich zu beruhigen und deinen Geist zu klären.

Anna nickte zustimmend: „Ich habe das auch so gemacht. Wenn ich nervös bin, atme ich tief durch und erinnere mich daran, was ich gelernt habe."

Lukas schaute zwischen den beiden hin und her. „Und was ist mit dem Druck? Ich fühle mich oft so überwältigt."

Der Trainer lächelte sanft. „Druck kann sowohl ein Feind als auch ein Freund sein. Er zeigt dir deine Grenzen auf und gibt dir die Möglichkeit zu wachsen. Lerne ihn anzunehmen."

Lukas dachte darüber nach und fühlte sich etwas leichter. Vielleicht war es an der Zeit, seine Ängste in Stärke umzuwandeln.

„Denke daran", fügte der Trainer hinzu, „Schach ist eine Reise – jede Partie bringt neue Lektionen mit sich. Sei geduldig mit dir selbst."

Lukas atmete tief ein und nickte entschlossen: „Danke für eure Unterstützung! Ich werde mein Bestes geben." Mit neuem Mut wandte er sich dem Schachbrett zu.

13.3 Nacht vor dem Finale

Die Nacht vor dem großen Finale war still und geheimnisvoll. Lukas saß an seinem Schreibtisch, das Licht einer kleinen Lampe warf sanfte Schatten auf die Wände seines Zimmers. Der Geruch von frischem Papier und alten Schachbüchern erfüllte den Raum, während er über seine letzten Partien nachdachte.

„Kannst du nicht schlafen?" Anna klopfte leise an die Tür und trat ein. Ihr Gesicht war von der Aufregung des bevorstehenden Spiels gezeichnet.

„Ich kann einfach nicht aufhören zu denken", gestand Lukas und ließ seinen Blick auf das Schachbrett fallen, das in der Ecke stand. „Was ist, wenn ich einen Fehler mache? Was ist, wenn ich verliere?"

Anna setzte sich neben ihn und legte eine Hand auf seinen Arm. „Denk daran, was der Trainer gesagt hat. Es geht nicht nur um den Sieg oder die Niederlage. Es geht darum, dein Bestes zu geben."

- **Konzentration:** Fokussiere dich auf jeden Zug.
- **Visualisierung:** Stelle dir vor, wie du gewinnst.
- **Atemtechniken:** Beruhige deinen Geist mit tiefen Atemzügen.

Lukas nickte langsam. „Ja, aber der Druck…"

„Druck kann auch motivierend sein", unterbrach sie ihn sanft. „Er zeigt dir deine Grenzen und gibt dir die Chance zu wachsen."

Lukas sah sie an und spürte eine Welle der Ermutigung durch sich hindurchfließen. „Du hast recht", sagte er schließlich mit einem Lächeln. „Ich werde versuchen, es als Herausforderung zu sehen."

„Genau! Und vergiss nicht: Du bist nicht allein in diesem Kampf", fügte Anna hinzu und lächelte warmherzig.

Die beiden schwiegen einen Moment lang und hörten dem leisen Ticken der Uhr zu, das den Rhythmus ihrer Gedanken begleitete. Schließlich brach Lukas das Schweigen: „Danke für deine Unterstützung, Anna."

„Immer gerne! Lass uns jetzt etwas entspannen – vielleicht ein paar Runden Schach spielen?" schlug sie vor.

Lukas grinste: „Das klingt gut!" Mit neuer Energie richteten sie das Brett her und tauchten in die Welt des Schachs ein – eine Welt voller Möglichkeiten und Strategien.

14
Das Finale

14.1 Der ultimative Test

Der Tag des großen Turniers war endlich gekommen, und die Atmosphäre in der Halle war elektrisierend. Lukas stand am Rand des Spielfelds, seine Hände zitterten leicht vor Aufregung. „Bist du bereit?", fragte Anna, die neben ihm stand und ihn ermutigend anlächelte.

„Ich weiß nicht", antwortete Lukas und sah auf das Schachbrett, das vor ihm aufgestellt war. „Was ist, wenn ich versage? Was ist, wenn ich gegen einen Meister verliere?"

„Du hast hart gearbeitet, Lukas. Denk daran, was du alles gelernt hast", erwiderte Anna mit fester Stimme. „Und vergiss nicht die magischen Figuren! Sie sind nicht nur Spielzeuge; sie repräsentieren deine Strategien."

Lukas nickte nachdenklich und erinnerte sich an die Momente, in denen die Figuren ihm geholfen hatten, seine Ängste zu überwinden. Plötzlich trat sein Trainer auf ihn zu – ein Mann mit einem strengen Blick und einer Aura von Enttäuschung.

„Lukas", begann der Trainer mit rauer Stimme, „dies ist dein ultimativer Test. Du musst dich beweisen – nicht nur mir, sondern auch dir selbst."

„Ich weiß", murmelte Lukas und spürte den Druck auf seinen Schultern wachsen. „Aber was ist, wenn ich scheitere?"

- „Scheitern gehört zum Lernen dazu", sagte der Trainer scharf.
- „Jeder große Meister hat Rückschläge erlebt", fügte Anna hinzu.
- „Es geht darum, wie du wieder aufstehst."

Lukas atmete tief durch und stellte sich dem ersten Gegner: ein erfahrener Spieler mit einem kühlen Lächeln. Die ersten Züge waren entscheidend; jeder Schritt musste wohlüberlegt sein. Während er spielte, flogen Gedanken durch seinen Kopf: Strategien aus alten Partien, Ratschläge seines Trainers und die Unterstützung seiner besten Freundin.

Die Zeit verging schnell; jeder Zug fühlte sich wie eine Ewigkeit an. Doch als er schließlich den entscheidenden Zug machte und den König seines Gegners schachmatt setzte, überkam ihn ein Gefühl der Erleichterung und des Triumphes.

14.2 Hochspannung am Brett

Die Halle war erfüllt von einem nervösen Murmeln, als Lukas sich an das Schachbrett setzte. Sein Herz schlug schnell, und die Augen der Zuschauer schienen ihn zu durchbohren. „Du schaffst das, Lukas!", rief Anna aus der Menge, ihre Stimme klang wie ein Lichtstrahl in der Dunkelheit.

„Ich hoffe es", murmelte er und versuchte, seine Gedanken zu ordnen. Der Gegner gegenüber war ein Meisterspieler mit einer beeindruckenden Bilanz. „Was soll ich tun?", fragte Lukas sich innerlich, während er den ersten Zug seines Gegners beobachtete.

„Denk an deine Strategien!", flüsterte er sich selbst zu und erinnerte sich an die unzähligen Stunden des Trainings. Der erste Zug fiel – ein aggressiver Vorstoß des Gegners. „Er will mich unter Druck setzen", dachte Lukas und überlegte sorgfältig seinen nächsten Schritt.

- „Bleib ruhig und konzentriert", sagte sein Trainer leise hinter ihm.
- „Vertraue auf deine Intuition!", fügte Anna hinzu, während sie ihm einen aufmunternden Blick zuwarf.
- „Jeder Zug zählt – mach ihn bedeutend!"

Lukas atmete tief durch und bewegte seine Figur mit fester Hand. Die Zeit verging wie im Flug; jeder Zug wurde von einem kollektiven Atemzug der Zuschauer begleitet. „Das ist nicht nur ein Spiel für mich", dachte er, „es ist eine Prüfung meines Charakters."

Der Druck wuchs mit jedem weiteren Zug; die Spannung war greifbar. „Ich kann nicht verlieren! Ich muss gewinnen!", wiederholte er in seinem Kopf, während sein Gegner lässig weiterspielte und jeden seiner Züge analysierte.

Die Gesichter um ihn herum waren angespannt; jeder wartete auf die Reaktion des Meisters. Als dieser schließlich zögerte, spürte Lukas einen Funken Hoffnung in sich aufblitzen: Vielleicht war dies der Moment seines Triumphes.

14.3 Triumph oder Niederlage?

Die Spannung im Raum war greifbar, als Lukas seinen Zug gemacht hatte. Der Meisterspieler gegenüber schien für einen Moment perplex, und die Zuschauer hielten den Atem an. „Das könnte es sein!", flüsterte Anna aufgeregt, während sie sich näher zu Lukas beugte.

„Ich kann nicht glauben, dass ich das gewagt habe", dachte Lukas und spürte, wie sein Herz schneller schlug. „Wenn er darauf reagiert, könnte ich gewinnen." Doch der Meister war bekannt für seine Fähigkeit, aus jeder Situation Kapital zu schlagen. Er betrachtete das Brett mit einem kühlen Blick und begann zu lächeln.

- „Er hat etwas im Schilde geführt", murmelte Lukas nervös.
- „Bleib ruhig! Du hast alles gegeben!", rief sein Trainer hinter ihm.
- „Vertraue dir selbst!", fügte Anna hinzu und legte eine Hand auf seine Schulter.

Lukas fühlte sich hin- und hergerissen zwischen Hoffnung und Angst. „Was wird er tun?", fragte er sich immer wieder. Der Meister machte schließlich seinen Zug – ein unerwarteter Konter, der Lukas' Strategie in Frage stellte. „Das ist clever... viel cleverer als ich dachte", murmelte er frustriert.

„Lass dich nicht entmutigen! Denk an deinen nächsten Schritt!" Anna drängte ihn weiter. Ihre Worte waren wie ein Lichtstrahl in der Dunkelheit seiner Gedanken. Er atmete tief durch und versuchte, die Möglichkeiten abzuwägen: „Wenn ich hier ziehe... oder vielleicht dort?"

Der Druck wuchs ins Unermessliche; jeder Zug wurde zum entscheidenden Moment seines Schicksals. Schließlich entschied sich Lukas für einen mutigen Schritt – ein riskantes Manöver, das sowohl Sieg als auch Niederlage bedeuten konnte.

„Jetzt zählt's! Entweder triumphiere ich oder falle in die Niederlage!" Mit einem festen Blick bewegte er seine Figur über das Brett. Die Menge brach in einen kollektiven Aufschrei aus; die Entscheidung war gefallen – nun blieb nur noch abzuwarten, was der Meister antworten würde.

15
Nachspiel

15.1 Reflexion und Realisierung

In der Stille des Schachraums, umgeben von den Erinnerungen an die vergangenen Partien, saß Lukas und ließ die Ereignisse des Turniers Revue passieren. „Ich habe so viel gelernt", murmelte er, während er über das Brett nachdachte. Anna, die neben ihm saß, nickte zustimmend. „Es war nicht nur das Spiel selbst, sondern auch die Menschen und ihre Geschichten."

Lukas sah auf und begegnete Annas Blick. „Denkst du, ich habe das Potenzial, wirklich erfolgreich zu sein?" fragte er mit einem Hauch von Unsicherheit in seiner Stimme. Anna lächelte sanft. „Du hast nicht nur gegen starke Gegner gespielt, sondern auch gegen deine eigenen Zweifel. Das ist der wahre Sieg."

Der erfahrene Trainer trat näher und hörte das Gespräch mit an. „Erfolg im Schach ist mehr als nur Technik", fügte er hinzu. „Es geht darum, sich selbst zu verstehen und seine Grenzen zu erkennen." Lukas spürte einen Anflug von Widerstand in sich aufsteigen. „Aber ich will mehr! Ich will gewinnen!"

„Gewinnen ist wichtig", erwiderte der Trainer ruhig, „aber was du aus deinen Niederlagen lernst, formt dich als Spieler und als Mensch." Lukas dachte darüber nach und erkannte die Wahrheit in den Worten seines Trainers.

- Die Bedeutung von Selbstreflexion: Lukas begann zu begreifen, dass jeder Verlust eine Lektion war.
- Die Rolle der Unterstützung: Anna war nicht nur eine Freundin; sie war ein Spiegel seiner Gedanken.
- Das Streben nach Exzellenz: Es ging nicht nur um den Titel, sondern um persönliche Entwicklung.

Lukas fühlte sich inspiriert und bereit für neue Herausforderungen. Die Reflexion über seine Erfahrungen hatte ihn gelehrt, dass jeder Schritt auf dem Schachbrett auch ein Schritt im Leben war.

15.2 Feiern und Anerkennungen

Die Atmosphäre im Schachraum war elektrisierend, als die Teilnehmer des Turniers sich versammelten, um ihre Erfolge zu feiern. Lukas stand in der Mitte des Raumes, umgeben von Freunden und Mitspielern, die ihm gratulierten. „Du hast es wirklich geschafft!", rief Anna begeistert und umarmte ihn fest.

Lukas lächelte verlegen. „Es war ein Teamaufwand. Ohne eure Unterstützung hätte ich das nicht geschafft." Der Trainer trat vor und klopfte ihm auf die Schulter. „Dein Sieg ist das Ergebnis harter Arbeit und Entschlossenheit. Du hast dich weiterentwickelt."

„Aber was ist mit den anderen?", fragte Lukas und sah sich um. „Jeder hat sein Bestes gegeben."

„Das stimmt", antwortete der Trainer mit einem nachdenklichen Blick. „Wir sollten auch die Leistungen der anderen anerkennen." Er wandte sich an die Gruppe: „Lasst uns einen Moment nehmen, um alle Spieler zu würdigen, die hier waren."

- Max, der trotz seiner Niederlagen nie aufgegeben hat.
- Sophie, deren strategisches Denken viele überrascht hat.
- Tom, der in jedem Spiel seine Leidenschaft gezeigt hat.

Die Anwesenden applaudierten lautstark für jeden Spieler, während Lukas spürte, wie eine Welle des Stolzes über ihn hinwegrollte. Es war nicht nur sein eigener Erfolg; es war eine Gemeinschaftsleistung.

„Ich denke oft daran", begann Anna nach einer kurzen Pause, „dass wir nicht nur für uns selbst spielen. Jeder von uns trägt zur Geschichte des Spiels bei."

Lukas nickte zustimmend. „Ja, das macht es so besonders – wir lernen voneinander." Der Trainer fügte hinzu: „Und genau darum geht es beim Schach: Die Freude am Spiel und die Verbindungen zu den Menschen um uns herum."

Als die Feierlichkeiten fortschritten, fühlte sich Lukas ermutigt und inspiriert von den Worten seiner Freunde und dem Trainer. Es war ein Moment des Triumphs – nicht nur für ihn allein, sondern für alle Beteiligten.

15.3 Zukunftspläne

Nach den Feierlichkeiten im Schachraum saßen Lukas und seine Freunde in einem kleinen Café, um über ihre Zukunftspläne zu sprechen. „Was denkst du, was als Nächstes kommt?", fragte Tom und nippte an seinem Kaffee.

Lukas überlegte kurz. „Ich möchte auf jeden Fall an mehr Turnieren teilnehmen. Vielleicht sogar außerhalb der Stadt." Seine Augen leuchteten bei dem Gedanken an neue Herausforderungen.

„Das klingt großartig!", rief Anna begeistert. „Ich habe gehört, dass es ein großes Turnier in Berlin gibt. Wir sollten uns anmelden!"

„Ja, aber wir müssen auch unser Training intensivieren", fügte Sophie hinzu. „Die Konkurrenz wird hart sein."

- Lukas plant, regelmäßig mit einem Trainer zu arbeiten.
- Anna möchte ihre Strategien weiterentwickeln und Bücher über Schachtaktiken lesen.
- Tom hat vor, seine psychologische Stärke zu verbessern, um besser mit Druck umgehen zu können.

Lukas nickte zustimmend. „Wir könnten auch eine Trainingsgruppe bilden und uns gegenseitig unterstützen." Er spürte die Energie in der Gruppe wachsen; jeder war motiviert, sich weiterzuentwickeln.

„Und was ist mit den Schulprojekten?", fragte Max nachdenklich. „Wir könnten Workshops für jüngere Spieler anbieten und unsere Erfahrungen teilen."

Sophie lächelte: „Das wäre eine tolle Möglichkeit, das Spiel zu fördern und gleichzeitig unsere eigenen Fähigkeiten zu festigen."

„Genau!", stimmte Lukas zu. „Es geht nicht nur darum, selbst besser zu werden, sondern auch andere dazu zu inspirieren." Sein Herz schlug schneller bei dem Gedanken an die Möglichkeiten, die vor ihnen lagen.

Der Trainer hatte sich inzwischen zu ihnen gesellt und hörte aufmerksam zu. „Eure Pläne sind beeindruckend", sagte er schließlich. „Denkt daran: Der Weg zum Erfolg ist oft steinig, aber gemeinsam könnt ihr alles erreichen."

Lukas fühlte sich bestärkt durch die Unterstützung seiner Freunde und des Trainers. Die Zukunft schien voller Chancen – sowohl für ihn als auch für sein Team.

16
Neue Wege

16.1 Entscheidungen treffen

Die Vorbereitungen für das große Schachturnier hatten Lukas in einen Strudel von Gedanken und Emotionen gestürzt. Er saß an seinem Tisch, die Schachfiguren vor sich, und starrte auf das Brett, als ob es ihm die Antworten geben könnte, die er suchte. „Was soll ich tun?", murmelte er leise.

Anna, die gerade hereingekommen war, bemerkte seine innere Zerrissenheit. „Lukas, du musst dich entscheiden. Willst du wirklich gegen diese Spieler antreten? Du weißt, dass sie alle viel erfahrener sind."

Lukas sah auf und erwiderte: „Ich weiß, aber ich kann nicht einfach aufgeben. Ich habe so hart gearbeitet! Was ist mit all den Stunden des Trainings?"

„Das ist wahr", sagte Anna nachdenklich. „Aber manchmal bedeutet eine Entscheidung auch zu erkennen, wann man bereit ist oder nicht."

In diesem Moment betrat der alte Trainer Karl den Raum. Seine Augen funkelten vor Skepsis. „Entscheidungen sind wie Züge im Schach", begann er mit seiner rauen Stimme. „Jeder Zug hat Konsequenzen. Du musst abwägen: Ist es der richtige Zeitpunkt für dich?"

- **Selbstvertrauen:** Glaubst du an deine Fähigkeiten?
- **Vorbereitung:** Hast du genug trainiert?
- **Ziele:** Was willst du wirklich erreichen?

Lukas fühlte sich überfordert von den Fragen und dem Druck der Erwartungen. „Ich will gewinnen! Aber was ist, wenn ich scheitere?"

Karl nickte verständnisvoll. „Scheitern gehört zum Spiel dazu. Es geht darum, aus jedem Verlust zu lernen und stärker zurückzukommen."

„Vielleicht sollte ich einfach mein Bestes geben und sehen, was passiert", schlug Lukas vor und spürte ein neues Gefühl der Entschlossenheit in sich aufsteigen.

„Genau! Und egal wie es ausgeht – du wirst wachsen", fügte Anna hinzu und lächelte ihn an.

16.2 Neuanfang

Die Tage nach dem Schachturnier waren für Lukas eine Zeit der Reflexion und des Wandels. Er hatte zwar nicht gewonnen, aber die Erfahrung hatte ihn gelehrt, dass jeder Neuanfang auch eine Chance zur Verbesserung ist. Eines Morgens saß er wieder an seinem Tisch, umgeben von seinen Schachfiguren, und dachte über seine nächsten Schritte nach.

„Lukas, was hast du aus dem Turnier gelernt?", fragte Anna, die hereinkam und sich neben ihn setzte. Ihre Augen funkelten vor Neugier.

„Ich habe erkannt, dass ich nicht nur gegen andere Spieler antrete, sondern auch gegen mich selbst", antwortete Lukas nachdenklich. „Es geht darum, meine eigenen Grenzen zu überwinden."

„Das klingt nach einem echten Neuanfang", bemerkte Anna mit einem Lächeln. „Was wirst du als Nächstes tun?"

Lukas überlegte kurz und sagte dann: „Ich möchte einen neuen Trainingsplan erstellen. Ich will nicht nur meine Technik verbessern, sondern auch meine mentale Stärke."

- **Ziele setzen:** Konkrete Ziele helfen mir, fokussiert zu bleiben.
- **Mentale Übungen:** Meditation oder Visualisierung könnten nützlich sein.
- **Regelmäßige Spiele:** Ich sollte öfter gegen stärkere Gegner spielen.

Karl trat in den Raum und hörte das Gespräch mit an. „Ein Neuanfang erfordert Mut", sagte er mit seiner tiefen Stimme. „Aber es ist wichtig, dass du dir treu bleibst und deine Leidenschaft für das Spiel nie verlierst."

Lukas nickte zustimmend. „Ich werde mein Bestes geben! Es ist Zeit für Veränderungen."

„Und vergiss nicht", fügte Anna hinzu, „dass jeder Schritt auf diesem Weg dich näher zu deinem Ziel bringt." Sie lächelte ihm aufmunternd zu.

16.3 Inspiration für andere

Die Veränderungen in Lukas' Leben blieben nicht unbemerkt. Seine Freunde und Mitspieler waren von seiner Entschlossenheit beeindruckt, und bald sprach sich seine neue Einstellung herum. Eines Nachmittags versammelten sich einige Schachfreunde in seinem Wohnzimmer, um gemeinsam zu spielen und zu lernen.

„Lukas, du hast dich wirklich verändert", bemerkte Max, während er die Figuren auf dem Brett anordnete. „Dein Fokus ist bemerkenswert."

Lukas lächelte bescheiden. „Ich habe einfach erkannt, dass ich mehr aus mir herausholen kann. Es geht nicht nur um das Gewinnen, sondern auch darum, anderen zu zeigen, dass man nie aufgeben sollte."

„Das ist eine großartige Einstellung", sagte Sarah und nickte zustimmend. „Ich denke oft darüber nach, wie ich meine eigenen Ziele erreichen kann."

- **Ziele setzen:** Lukas erklärte den anderen die Bedeutung von klaren Zielen.
- **Mentale Stärke:** Er teilte seine Erfahrungen mit Meditation und Visualisierung.
- **Austausch fördern:** Lukas ermutigte alle dazu, ihre Strategien miteinander zu teilen.

Karl hörte aufmerksam zu und fügte hinzu: „Inspiration kommt oft von den Menschen um uns herum. Wenn wir unsere Geschichten teilen, können wir einander helfen."

Lukas nickte zustimmend. „Genau! Jeder hat seine eigenen Herausforderungen. Wenn wir offen über unsere Kämpfe sprechen, können wir andere motivieren."

„Ich möchte auch einen Trainingsplan erstellen", sagte Sarah begeistert. „Vielleicht könnten wir uns regelmäßig treffen?"

Lukas war erfreut über die Idee. „Das wäre fantastisch! Gemeinsam können wir uns gegenseitig unterstützen und inspirieren."

Die Gruppe begann sofort damit, Ideen auszutauschen und Pläne zu schmieden. In diesem Moment wurde Lukas klar: Sein Neuanfang hatte nicht nur ihn verändert; er hatte auch das Potenzial, andere zu inspirieren und eine Gemeinschaft des Wachstums zu schaffen.

17
Rückkehr zu den Wurzeln

17.1 Besuch im alten Schachclub

Der alte Schachclub, in dem Lukas seine ersten Schritte als Spieler gemacht hatte, war ein Ort voller Erinnerungen. Als er die knarrende Tür öffnete, umfing ihn der vertraute Geruch von Holz und alten Büchern. Die Wände waren mit Bildern legendärer Spieler geschmückt, und die Tische waren noch immer mit den gleichen abgewetzten Schachbrettern ausgestattet, die er als Kind so oft benutzt hatte.

„Lukas! Ist das wirklich du?" rief Herr Müller, der alte Clubmeister, als er ihn sah. Seine Augen funkelten vor Freude. „Ich hätte nie gedacht, dass du zurückkommmst!"

„Es ist schön hier zu sein", antwortete Lukas und lächelte. „Ich wollte einfach mal wieder in die Atmosphäre eintauchen."

Während sie sich an einen Tisch setzten, begann Herr Müller sofort mit Fragen: „Wie läuft es bei dir? Hast du schon an Turnieren teilgenommen?"

Lukas zögerte kurz. „Ja, ich habe an einigen Wettbewerben teilgenommen. Aber es gibt immer noch so viel zu lernen."

„Das Wichtigste ist nicht nur das Gewinnen", sagte Herr Müller nachdenklich. „Es geht darum, aus jedem Spiel etwas mitzunehmen."

- **Strategie:** Überlege jeden Zug sorgfältig.
- **Konzentration:** Lass dich nicht ablenken.
- **Lernen:** Analysiere deine Partien nach dem Spiel.

Lukas nickte zustimmend und dachte über die Ratschläge seines Mentors nach. In diesem Moment trat Anna ein und winkte fröhlich. „Ich hoffe, ich störe nicht! Ich wollte nur sehen, wie es dir geht."

„Du störst nie", erwiderte Lukas mit einem Lächeln. „Wir reden gerade über Strategien."

"Das klingt spannend! Vielleicht kann ich auch etwas lernen", fügte Anna hinzu und setzte sich zu ihnen.

Die drei verbrachten Stunden damit, über Schachstrategien zu diskutieren und alte Geschichten auszutauschen. Für Lukas war dieser Besuch mehr als nur eine Rückkehr; es war eine Wiederbelebung seiner Leidenschaft für das Spiel und eine Erinnerung daran, wo alles begonnen hatte.

17.2 Lehren aus der Vergangenheit

Als Lukas und Anna sich in dem vertrauten Schachclub unterhielten, wurde ihm bewusst, wie sehr die Erfahrungen seiner Vergangenheit ihn geprägt hatten. „Weißt du, manchmal denke ich an meine ersten Spiele hier zurück", begann Lukas nachdenklich. „Ich habe so viele Fehler gemacht, aber jeder einzelne hat mich etwas gelehrt."

„Das ist wahr", stimmte Anna zu. „Jeder Verlust war eine Lektion für dich. Was hast du aus diesen Erfahrungen mitgenommen?"

Lukas überlegte kurz und antwortete: „Ich habe gelernt, dass Geduld und Ausdauer entscheidend sind. Oft wollte ich einfach nur gewinnen und habe dabei wichtige Züge übersehen."

- **Fehler akzeptieren:** Jeder Fehler ist eine Chance zu lernen.
- **Kritik annehmen:** Konstruktive Kritik hilft dir, besser zu werden.
- **Selbstvertrauen aufbauen:** Glaube an deine Fähigkeiten, auch wenn es mal nicht läuft.

Herr Müller hörte aufmerksam zu und fügte hinzu: „Die besten Spieler sind nicht die, die nie verlieren, sondern die, die aus ihren Niederlagen lernen können." Er lächelte weise. „Denk daran, dass jede Partie ein neues Kapitel ist."

Lukas nickte zustimmend. „Ja, das stimmt! Ich erinnere mich an ein Turnier vor zwei Jahren. Ich hatte einen entscheidenden Fehler gemacht und verloren. Aber ich habe mir die Partie danach genau angesehen und verstanden, was schiefgelaufen war."

„Und? Hast du seitdem deine Strategie geändert?" fragte Anna neugierig.

"Auf jeden Fall", antwortete Lukas mit einem Lächeln. "Ich versuche jetzt immer, meine Züge im Voraus zu planen und mögliche Antworten meines Gegners in Betracht zu ziehen." Er fühlte sich inspiriert von den Gesprächen im Club.

Die Stunden vergingen wie im Flug, während sie weiterhin über ihre Erfahrungen sprachen. Für Lukas war es klar: Die Lehren aus der Vergangenheit waren nicht nur Erinnerungen; sie waren Bausteine für seine Zukunft als Schachspieler.

17.3 Weitergabe des Wissens

Im Schachclub, wo die Luft von der Aufregung vergangener Partien durchzogen war, saßen Lukas und Anna zusammen mit einigen jüngeren Spielern. „Es ist wichtig, dass wir unser Wissen weitergeben", begann Lukas und sah in die Runde. „Jeder von uns hat etwas zu lernen und zu lehren."

Anna nickte zustimmend. „Genau! Ich erinnere mich an meine ersten Spiele hier. Es gab so viel, was ich nicht wusste. Wenn ich damals jemanden gehabt hätte, der mir geholfen hätte..." Sie hielt inne und lächelte. „Das ist unsere Chance!"

- **Erfahrungen teilen:** Jeder Spieler hat einzigartige Erlebnisse, die anderen helfen können.
- **Kritik konstruktiv geben:** Es ist wichtig, Feedback so zu formulieren, dass es motiviert.
- **Mentoren finden:** Jemanden zu haben, der einen anleitet, kann den Lernprozess erheblich beschleunigen.

Lukas wandte sich an einen jungen Spieler namens Max: „Was denkst du über das Lernen im Schach?"

Max schaute auf und antwortete: „Ich finde es manchmal überwältigend. Es gibt so viele Strategien und Taktiken."

„Das stimmt", sagte Anna sanft. „Aber wenn wir unser Wissen teilen, wird es einfacher für alle." Sie fügte hinzu: „Wir könnten eine Art Workshop organisieren – jeder bringt seine besten Züge oder Strategien mit."

Lukas leuchteten die Augen auf. „Das wäre großartig! Wir könnten auch kleine Turniere veranstalten, um das Gelernte anzuwenden." Er sah sich um und bemerkte das Interesse in den Gesichtern der anderen Spieler.

"Ich würde gerne teilnehmen!", rief ein weiterer junger Spieler begeistert aus. "Ich habe noch nie gegen andere gespielt."

"Perfekt", sagte Lukas mit einem Lächeln. "So können wir alle voneinander lernen." Die Idee eines Workshops nahm Gestalt an und schuf eine Atmosphäre des gemeinsamen Wachstums.

Lukas fühlte sich inspiriert; er wusste jetzt, dass die Weitergabe des Wissens nicht nur eine Verantwortung war, sondern auch eine Möglichkeit für ihn selbst zu wachsen.

18
Vollkreis

18.1 Lukas als Mentor

Nachdem Lukas die Höhen und Tiefen seiner eigenen Schachkarriere durchlebt hatte, fand er sich in einer neuen Rolle wieder: der des Mentors. Es war eine unerwartete Wendung, die ihm sowohl Freude als auch Herausforderungen brachte. In einem kleinen Schachclub in seiner Heimatstadt begann er, junge Talente zu unterrichten, die von seinem Wissen und seinen Erfahrungen profitieren wollten.

Eines Tages trat ein schüchterner Junge namens Max an ihn heran. „Ich möchte besser werden, aber ich weiß nicht, wo ich anfangen soll", gestand Max mit zitternder Stimme.

Lukas lächelte und antwortete: „Jeder Meister war einmal ein Anfänger. Lass uns gemeinsam deine Stärken entdecken." Er setzte sich mit Max an ein Brett und erklärte geduldig die Grundlagen des Spiels sowie strategische Konzepte.

- **Die Bedeutung der Eröffnung:** „Die ersten Züge sind entscheidend", erklärte Lukas. „Sie legen den Grundstein für das gesamte Spiel."
- **Taktisches Denken:** „Schach ist wie das Leben – du musst immer einen Schritt vorausdenken."
- **Fehler akzeptieren:** „Jeder macht Fehler. Wichtig ist, aus ihnen zu lernen."

Max hörte aufmerksam zu und stellte Fragen: „Wie hast du es geschafft, gegen so viele starke Gegner zu gewinnen?" Lukas dachte kurz nach und sagte dann: „Es geht nicht nur um Technik; es geht auch darum, an dich selbst zu glauben."

Im Laufe der Wochen entwickelte sich zwischen den beiden eine enge Bindung. Lukas erkannte, dass er nicht nur Max unterrichtete, sondern auch viel über sich selbst lernte. Die Herausforderungen des Mentorings halfen ihm, seine eigenen Ängste zu überwinden und seine Leidenschaft für das Schachspiel neu zu entfachen.

18.2 Fortsetzung der Tradition

Die Wochen vergingen, und Lukas spürte, wie die Atmosphäre im Schachclub sich veränderte. Immer mehr Kinder kamen, um von ihm zu lernen, und die Begeisterung für das Spiel wuchs. Eines Tages versammelte er seine Schüler und sagte: „Wir haben eine Tradition in diesem Club, die wir fortsetzen müssen. Es ist wichtig, dass wir nicht nur spielen, sondern auch unser Wissen weitergeben."

Max, mittlerweile selbstbewusster geworden, meldete sich sofort: „Könnten wir ein Turnier organisieren? Vielleicht könnten wir die älteren Mitglieder einladen und sie herausfordern!"

Lukas nickte zustimmend. „Das ist eine großartige Idee! Ein Turnier würde nicht nur den Wettbewerb fördern, sondern auch den Zusammenhalt stärken." Er wandte sich an die anderen Kinder: „Was haltet ihr davon?"

- **Teamarbeit:** „Wir können Teams bilden und gemeinsam Strategien entwickeln", schlug ein anderes Kind vor.
- **Mentoren einbeziehen:** „Vielleicht können einige von uns als Mentoren für die Jüngeren fungieren", fügte ein weiteres Mädchen hinzu.
- **Feier nach dem Turnier:** „Und danach könnten wir eine kleine Feier veranstalten!" rief Max begeistert.

Lukas war beeindruckt von der Kreativität seiner Schüler. Gemeinsam planten sie das Turnier und arbeiteten hart daran, alles vorzubereiten. Am Tag des Events war der Raum voller Aufregung; Eltern und Freunde waren gekommen, um ihre Kinder anzufeuern.

„Ich kann es kaum erwarten zu spielen!", flüsterte Max nervös zu Lukas. Der Mentor lächelte beruhigend: „Denke daran, was ich dir beigebracht habe – spiele mit Leidenschaft und genieße jeden Zug."

Als das Turnier begann, sah Lukas zu, wie seine Schüler aufblühten. Sie kämpften nicht nur um den Sieg; sie zeigten Teamgeist und Respekt füreinander. Nach dem letzten Spiel standen alle zusammen und applaudierten den Gewinnern.

Lukas fühlte sich erfüllt. Die Tradition des Schachspiels lebte weiter – nicht nur durch Wettkämpfe, sondern auch durch das Teilen von Wissen und Erfahrungen zwischen Generationen.

18.3 Unendliches Spiel

Die Wochen nach dem Turnier vergingen, und die Begeisterung im Schachclub war ungebrochen. Lukas beobachtete, wie seine Schüler nicht nur ihre Fähigkeiten verbesserten, sondern auch eine tiefere Verbindung zum Spiel entwickelten. Eines Nachmittags saßen Max und einige andere Kinder um einen Tisch, vertieft in eine Partie.

„Ich habe gehört, dass es ein berühmtes Zitat über Schach gibt", begann Max und schaute auf die Bretter. „Es heißt, das Spiel sei wie das Leben – man muss immer strategisch denken."

Lukas trat näher und lächelte. „Das stimmt! Schach lehrt uns Geduld und Weitsicht. Aber es ist auch wichtig zu wissen, dass jeder Zug zählt."

- **Strategisches Denken:** „Wenn ich meinen Springer hier bewege", sagte ein anderes Kind, „kann ich den Turm angreifen!"
- **Kreativität:** Ein Mädchen fügte hinzu: „Und wenn ich meine Dame opfere, könnte ich vielleicht einen entscheidenden Vorteil gewinnen."
- **Teamgeist:** Max nickte zustimmend: „Wir sollten mehr solche Spiele organisieren! Vielleicht sogar ein wöchentliches Treffen?"

Lukas war begeistert von der Initiative seiner Schüler. „Das ist eine hervorragende Idee! Ein wöchentliches Treffen würde nicht nur eure Fähigkeiten fördern, sondern auch den Austausch untereinander stärken."

Eines Tages kam ein neuer Schüler namens Felix in den Club. Er wirkte schüchtern und zurückhaltend. Lukas bemerkte dies sofort und wandte sich an ihn: „Felix, möchtest du mit uns spielen? Jeder hier hat einmal klein angefangen."

Felix sah auf und nickte zögerlich. Max ermutigte ihn: „Komm schon! Wir sind alle hier, um zu lernen!" Die anderen Kinder stimmten zu und luden ihn herzlich ein.

Bald darauf fand Felix seinen Platz im Kreis der Spieler. Mit jedem Zug blühte er mehr auf; sein Lächeln wurde breiter und sein Selbstvertrauen wuchs. Lukas beobachtete diese Entwicklung mit Freude – das Schachspiel war wirklich unendlich in seinen Möglichkeiten.

Verlag: BoD · Books on Demand GmbH, Überseering 33,
22297 Hamburg, bod@bod.de
Druck: Libri Plureos GmbH, Friedensallee 273,
22763 Hamburg
ISBN: 978-3-7693-9987-5